小天才的科学世界

动物 植物 昆虫 生态系统

〔韩〕紫云英 著
千太阳 译
C Comics
李明善 图

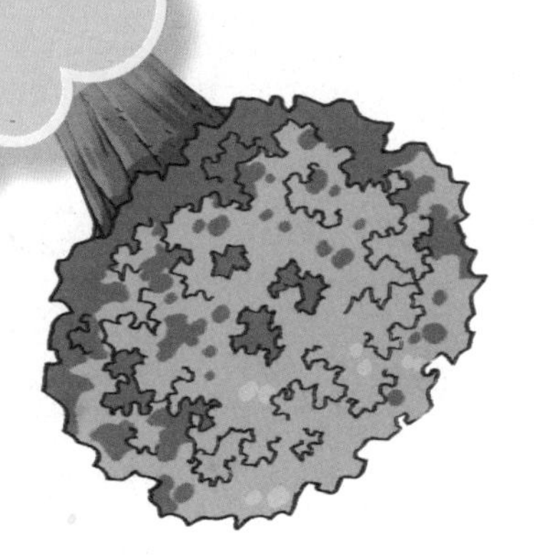

北京理工大学出版社
BEIJING INSTITUTE OF TECHNOLOGY PRESS

序言

具有珍贵价值的地球主人

直以来，人类都认为自己是地球的主人。

人类一直从自己的喜好和需求的观点来看待我们周围的动植物，并将自己作为万物之灵，有时候还会一厢情愿地认为那些与人类看似毫不相关的生物只是可有可无的存在。

不过随着生态学和环境学等自然科学的逐渐发展，人类的这种观念被彻底推翻了。不仅人类是地球的主人，地球上数以万计的动物、品目繁多的植物、毫不起眼的昆虫及微生物同样也是地球的主人。

若进一步分析，地球本身也是一个活生生的生命体，而生活在地球上的所有生物只是这个生命体的一部分。

本书收录了许多关于动物、植物和昆虫的故事。有些是我们在生活中经常看到的，有些则比较陌生。不过它们都是和我们一起生活着的朋友。这些朋友都有着特别的本领。作

为一个宝贵的生命，为了在这个世界生存，它们都练就了一身独特的本领。阅读本书的时候，仔细观察思考动植物的生存智慧，可能会觉得更亲切。

通过阅读本书，我们将会了解生态，将会知道与我们一起生活的动植物是多么的珍贵。还会知道那些毫不起眼的微生物也是值得我们敬畏和感恩的存在。

非常希望小朋友们能够通过本书，认识到生物的生存价值，同时祝小朋友们能够成长为热爱生物、热爱大自然的好孩子。

作者　紫云英

目 录

动物

植物

昆虫

生态系统

动 物

第1章

熊猫是食肉动物，还是食草动物？

大熊猫

熊猫大体上分为两种：一种是大熊猫，一种是小熊猫。

大熊猫体型似小黑熊，主要栖息于海拔2000米以上的高山竹林地带。体重为80~160千克。大熊猫主要生活在中国中部地区，且数量稀少。

相反，小熊猫体型比大熊猫小很多，体重也只有3~6千克。小熊猫也栖息于海拔2000米左右的高山地区，而且善于爬树。小熊猫性情温顺，属于夜行性动物，所以白天它们在树上睡觉，晚上才到地面觅食。

小熊猫生活在喜马拉雅东南部、缅甸北部及中国西南部等地带，身上长着非常浓密的毛，黑白相间，看起来非常可爱。

不过熊猫到底吃什么呢？

很多小朋友在电视里见过熊猫吃竹子。

我也要吃肉。

对了，就是这样。熊猫非常喜欢吃竹叶、竹笋、蘑菇等食物。

那么就可以认定熊猫是食草动物吗？

那就大错特错了。虽然熊猫的主要食物是竹叶、竹笋、蘑菇等植物，不过偶尔也会捕捉一些小鸟或小动物来吃。所以按生物分类学来分类的话，熊猫属于食肉目，是名副其实的食肉动物。在很久以前，大熊猫完全是食肉动物，后来为了适应环境才把竹叶等植物作为主要食物。现在大熊猫和小熊猫还是归为食肉动物。

所以请小朋友不要因为看到熊猫憨态可掬的样子，就忘记了熊猫也有食肉动物的血统而贸然接近它。在北京动物园的熊猫馆，就有游客私自闯入熊猫的领地而被咬伤。

有趣的小知识！

熊猫也会冬眠吗？

不要认为熊猫长得像黑熊，就认为熊猫也会像黑熊一样冬眠哟。在寒冷的冬天，熊猫也会下山到山谷觅食，等冬去春来时，再回到山上生活。

第2章

指猴长着一张恶魔的面孔？

指猴是一种只生活在非洲马达加斯加岛的稀有猴种。也被称为“马达加斯加指猴”。指猴长得非常特别，好像是从几种动物身上各取一个部分后拼凑起来的。

指猴的身体为暗褐色，但眼睛周围、鼻子、面颊及脖子是黄白色，所以感觉有些奇怪。因此，指猴有了“魔鬼的面孔”的绰号。

从整个面孔来观察，指猴首先很像猴身狐面的狐猴，但是与身体相比，头部和牙齿过大，长着一双橙色的大眼睛，而且耳朵尖尖的，很像蝙蝠的耳朵。还有前脚趾长着钢丝般长长的钩爪。指猴的体长约为40厘米，尾长50~60厘米。而且有着像老鼠一样能终身生长的大门齿，因此也曾被归类为啮齿目。

指猴

指猴属于夜行性动物，白天在树洞中呼呼大睡，一到夜晚就在地面或树枝之间爬行。觅食时指猴会把耳朵贴到树木上，然后用长长的中趾敲打树木来探听有无虫响，如有虫响，就会用门齿撕开树枝，然后再用中趾将幼虫抠出食用。

有趣的小知识！

除了幼虫，指猴还会吃什么？

除了幼虫，指猴还会吃鸟蛋、竹笋、香蕉、甘蔗、椰枣等。可现在指猴为什么会处于濒临灭绝的危险境地了呢？自从1500年前，人类第一次登陆马达加斯加岛以来，指猴的数量就逐渐减少，现在的数量也不过区区50多只而已。

第3章

还有会飞行的哺乳动物？

哺乳动物是一种脊椎动物，大部分产幼崽，用乳汁来哺育。那么在哺乳动物中有没有会飞的呢？

很多小朋友都会觉得没有吗？

那是因为人类或者猫、狗、牛、马等具有代表性的哺乳动物都不会飞。不过确实有能飞行的哺乳动物，那就是蝙蝠。

蝙蝠是唯一能飞行的哺乳动物。

蝙蝠的翅膀不同于鸟类的翅膀。鸟类的翅膀靠一对骨架来支撑，上面生长着很多羽毛。蝙蝠并没有鸟类那样长而轻的羽毛，但是由骨连接起来的蝙蝠的皮质膜能起到翅膀的作用。所谓皮质膜，是由两层薄薄的皮肤相叠加而构成。

蝙蝠

蝙蝠的这双翅膀是由臂骨和扇形指骨来支撑的，为了发出更大的力气增加空气的浮力，皮质膜一直连接到下肢。另外，蝙蝠的翅膀很像手指，很容易变化模样。因此它可以在空中做出杂技般的动作。这些动作都是普通鸟类无法做到的。

蝙蝠主要群居于洞穴、森林、仓库等地方。蝙蝠利用足爪倒挂着度过大部分时间，一到夜晚，蝙蝠便会倾巢出动来觅食。

蝙蝠在黑漆漆的夜晚也能轻易捕捉到飞虫。这是因为蝙蝠会发射超声波。这种超声波碰到食物时就能反射回来，然后蝙蝠就能知道食物的确切位置了。靠着这种超声波，蝙蝠连非常小的虫子都能发现，而且还能灵巧地躲过障碍物。

拥有尖端雷达功能的动物——蝙蝠，是不是很了不起呢？

有趣的小知识！

吸血蝙蝠真的会吸血吗？

蝙蝠主要以飞蛾之类的昆虫及水果、花蜜、花粉为食，不过生活在南美洲的吸血蝙蝠真的是以吸食动物血液为生的。

晚上动物们熟睡时，吸血蝙蝠会用牙齿咬开动物的外皮，舔食血液。不过吸血蝙蝠的动作非常迅速，被咬的动物都没什么感觉，依然沉浸在梦乡中。

第4章

海豚绝顶聪明？

海豚的大脑与人类的相似，或稍微大点儿，而且因为大脑里有很多褶皱，所以比其他动物聪明。海豚没有声带，不过它能发出32种特别的声音。例如可以发出“吱吱”、“咔哒咔哒”、口哨声、咆哮声、唧唧声、呻吟声等。这些声音是通过从喷气孔正下方的瓣膜和喷气孔的盖子之间吹出空气产生的。海豚通过这种发声方式彼此进行沟通。

海豚还可以像蝙蝠一样发出超声波，用回音确定物体的位置和方向。1950年，在位于夏威夷的海洋研究所进行过相关的实验。实验结果表明，海豚可以在蒙住双眼的情况下，用接收到的回音准确判断出物体的大小、距离、硬度等。

而且海豚的听觉非常

海豚

出色，能听到离海平面28千米远的水中发出的声音。

不仅如此，海豚还能区分声音的信号，而且可以知道并记住声音的含义。海豚不仅能够判断声音的方向和位置，还能知道同伴的具体位置。为了捕捉食物，还会和同伴们协同作战。这是不是非常神奇啊？

科学家们曾抓住海豚善于表达的特点，让海豚学习人类的语言。结果有些海豚真的能听懂几种命令，甚至还能模仿人类的笑声。

第5章

考拉一天竟然睡20个小时？

“考拉，你真的是只瞌睡虫吗？”

“是啊，好困，不要和我说话。”

如果你和考拉搭话，它肯定会这样回答。因为考拉的的确确是个大瞌睡虫。

考拉生活在澳大利亚东南部，又名袋熊、树袋熊、无尾熊。考拉的身体长约70厘米，体重为8~11千克，属于小型动物。

考拉一整天都会待在树上，而且大部分时间在睡眠中度过。因此，即使你亲自去澳洲看考拉，恐怕也只能看到它们在树上呼呼大睡的样子。考拉一天足足睡20个小时，以至于人类很难分辨出它们到底是死是活。

那么考拉到底什么时候吃东西呢？考拉在睡完20个小时后，到夜晚才会起来活动筋骨。考拉就是在这个时候吃东西的，这也是它们的进餐时间。

考拉只吃桉树的叶子和嫩芽。由于在桉树上生活，食物又是以桉树叶为主，因此考拉没有必要移动很远的距离。即便从一棵树移动到另一棵树的时候，也是抓着树枝移动，从不下地。

考拉之所以只在夜间活动，是因为它性情温顺，没有抵御天敌的能力。不过幸好考拉在澳洲几乎没有什么天敌，所以不用特别担心会受到伤害。

有趣的小知识！

考拉也有育儿袋吗？

像袋鼠一样，考拉的肚子下方也有育儿袋（养育幼崽的袋子）。考拉一胎只生一只幼崽，大小只有2厘米。因为刚生下来的小考拉处于未发育状态，所以需要在育儿袋中养育几个月左右，之后小考拉还得在妈妈的背上待6个月左右。

第6章

响尾蛇是从哪儿发出声音的？

响尾蛇

响尾蛇是一种体长为0.6~2.4米的毒蛇，主要生活在美洲大陆的沙漠或湿地。虽然有个很好听的名字，不过这是一种属于蝮蛇科带有剧毒的可怕蛇类。

响尾蛇会用尾巴发出声音。它的尾巴末端有一串硬邦邦的角质环，这些角质环是空心的。所以只要稍微动一动尾巴，这些角质环就会相互摩擦，从而发出声音。还有在威胁对方的时候，响尾蛇也会用尾巴发出响声。

响尾蛇一般在傍晚活动，主要捕食老鼠、鸟类、蜥蜴等小型动物。

响尾蛇的种类大概有60多种以上，但不全都具有可怕的毒液。有些种类的毒性较弱。不过如果响尾蛇一边发出响声，一边逼近你，记住一定要远远跑开。如果被具有剧毒的响尾蛇咬到，就会受到致命伤害。

响尾蛇生的是幼蛇不是卵

妈妈

响尾蛇是卵胎生动物。卵胎生指卵在母亲的腹中孵化成幼崽后才产出的生育过程。也就是说，最初在母蛇的腹中形成卵，孵化成幼蛇后才从母亲的腹中出来，因此看起来像是生出幼蛇。

响尾蛇一胎大约能产 10 条幼崽。

水蚺是世界上最大、最长的蛇

水蚺的体长为 6 ～ 10 米，是世界上最长的蛇，因此力气也非常大。水蚺在水中度过大部分时间。它通常暗藏于水中，当有动物接近时就会突然袭击。水蚺主要以甲鱼、鳄鱼、鹿等为食。水蚺的肌肉非常发达，发现猎物时会用身体缠住猎物并用力勒紧使其窒息而死。水蚺这种巨大的蟒蛇偶尔也会像电影中一样吃人。

水蚺，真是一种令人毛骨悚然的蛇啊。

第7章

长颈鹿的脖子到底有几块骨头呢？

长颈鹿栖息于非洲草原，是陆地上最高的哺乳动物。从蹄子到角约5.5米高，脖子的长度就超过2米。

既然长颈鹿的脖子这么长，那么是不是有好几十块骨头呢？

其实并非如此。长颈鹿的脖子和其他短脖子的哺乳动物一样，

长颈鹿

只有七块椎骨。长颈鹿的脖子之所以那么长，是因为脖子里的每块椎骨又长又粗。而且如果仔细观察长颈鹿就会发现肩膀部分像是鼓了包，其实那是为了支撑脖子而形成的发达肌肉。

长颈鹿利用长长的脖子摄取生长在树冠上的果实、花朵、叶子等食物。它尤其喜欢吃刺槐的叶子。长颈鹿不仅有灵活的上唇，而且还有长达45厘米的舌头，这一切都是为了吃到它们所钟爱的刺槐叶子服务的。

长颈鹿主要在清晨和傍晚活动，通常以一头雄性长颈鹿和2~3只雌性及小长颈鹿们为一个小群体生活。

为什么长颈鹿会站着睡觉呢？

长颈鹿虽然个子高，但是不善于打斗，于是一遇到敌人就只能仓皇逃跑。出于这个原因长颈鹿才会站着睡觉。长颈鹿为了能从捕食者的突然袭击中逃脱，虽然站着睡觉不舒服，但为了能保全性命，它还是选择忍受这种不便。

不过在像动物园这样安全的地方，长颈鹿会坐到地上，然后把脖子搭在后背或贴在腰上睡觉。然而这时候长颈鹿仍不放松警惕，所以长颈鹿的睡眠时间比较短。

第8章

“厚颜无耻”的布谷鸟为什么要把蛋产在其他鸟类的巢里？

布谷鸟

布谷鸟是杜鹃的一种，属于夏季候鸟。它主要生活在中国南部、台湾岛、菲律宾等地，每年5~6月份时会飞到韩国，10月份后再飞回去。

在5～8月就能听到布谷鸟的叫声，且雄鸟和雌鸟的叫声是不同的。雄鸟的叫声是“布谷，布谷”，雌鸟的叫声是“咕咕，咕咕”。所以我们所熟悉的布谷鸟的叫声都是由雄鸟发出来的。

布谷鸟的最大特点就是“托卵”。

托卵是指一种鸟类把卵产在其他鸟类的巢中。

因为布谷鸟不会自己筑巢，所以会把蛋产在伯劳、山麻雀、树鹨或云雀等比自己小的鸟类的巢里。其他的雌鸟不会察觉那

是布谷鸟的蛋，尽心尽力地孵卵并养育雏鸟。

布谷鸟的蛋一般比其他鸟类的蛋出生早一些，只要一出生它就会把其他鸟蛋推出巢去，独占整个鸟巢并独享雌鸟的照顾。

偶尔存活下来的雏鸟，因为很难跟大个头的布谷鸟抢食吃，所以也很难吃到多少食物。

布谷鸟在其他鸟类的鸟巢中一天天长大，一旦可以飞行的话，它就会拍拍翅膀，头也不回地飞走。

布谷鸟在其他鸟类的鸟巢中下蛋的原因至今还是个谜。可能是因为自己不会筑巢，所以才借其他鸟类之力来繁殖。

有趣的小知识!

有比布谷鸟更狡猾的鸟吗?

生活在北美洲的燕八哥比布谷鸟还要狡猾。

燕八哥也像布谷鸟一样，把蛋产在其他鸟类的鸟巢里，而且这种鸟还可以借助外力，不费吹灰之力就能获取食物。需要觅食的时候，燕八哥会静静地待在牛的附近，由于牛经过草丛时会惊扰到蚱蜢或飞虫，当它们跳起来的时候，燕八哥迅速地将其捕获。所以燕八哥也被称为“牛鹂(cowbird)”。

第9章

如何区分留鸟和候鸟？

鸟类可以按生活地区的不同，划分为留鸟和候鸟。终年生活在一个地区并繁殖的鸟类称之为留鸟，随着季节变化而迁徙的鸟类称之为候鸟。

比较常见的留鸟有麻雀、山鸡、喜鹊、猫头鹰、鹪鹩、大斑啄木鸟、山鸽子、大猫头鹰、大山雀等。这些鸟类不会迁徙，所以一年四季都能见到。

冬候鸟——鹰

候鸟可以分为夏候鸟和冬候鸟。冬候鸟是指冬季在某个地区生活，春季飞到较远而且较冷的地区繁殖，秋季又飞回原地区的鸟。典型的冬候鸟有大雁、丹顶鹤、野鸭、鹰等。

留鸟——猫头鹰

夏候鸟是指春季或夏季在某个地区繁殖，秋季飞到较暖的地区去过冬，第二年春季再飞回原地区的鸟。被人熟知的夏候鸟有燕子、布谷鸟、黄莺等。

候鸟的迁徙除了因为气候和食物，也是为了繁衍后代。

候鸟在迁徙时经过某地，就被称为是这个地方的“过境鸟”。

例如赤腹鹰在日本繁殖，在菲律宾越冬，迁徙时经过台湾，就称它为台湾的过境鸟。

有趣的小知识！

候鸟是如何确定迁徙路线的呢？

大型鸟类一般会在白天观察太阳的位置或山脉、江河的形态，并以此来确定方向后向目的地进发。小型鸟类一般会在晚上迁移，主要是以星座来确定方向。虽然没有罗盘，但是候鸟们能准确地找到迁徙路线。这是多么了不起啊！

第10章

狮子和老虎谁更厉害？

狮子和老虎都是体型巨大的猫科动物，性情凶猛，是名副其实的万兽之王。假如动物界也有格斗比赛，那么决赛很可能会是狮子和老虎的对决。

狮子和老虎的体重大都在200千克以上，身长超过3米，且身体强壮，动作敏捷，争强好斗。

那么狮子和老虎谁更厉害呢？

从很久以前，人们就很想知道狮子和老虎到底谁更厉害，

狮子

老虎

但是谁也没能给出正确答案。

那是因为狮子和老虎从来没有打斗过。狮子生活在草原，而老虎生活在深山里。由于生活在不同的地方，所以狮子和老虎想打也打不了。

不过学者们或动物园的饲养员们认为老虎更厉害。老虎一见到对手就想大打出手，而狮子只要不侵犯它的领地，它就不会主动攻击。相对来说，狮子比较温顺。

因此如果狮子和老虎相斗，老虎的胜算就会更高一些。

而且由于老虎是独居动物，狮子是群居动物，在单打独斗中老虎占更多优势。

有趣的小知识！

狮子和老虎真的打斗过吗？

在古罗马时代，狮子和老虎真的在竞技场里打斗过，结果老虎大获全胜。那时候老虎对狮子大打出手，而狮子却毫无战意。但是在草原上，老虎可能不会轻易去挑衅狮子，因为狮子是群居动物，即使再勇猛的老虎也打不过一群狮子吧？

第11章

山羊啊，你为什么吃纸呢？

有个邮差把信撂在庭院后就走了，没过多久那些信就不翼而飞了。

原来信全被家里的山羊吃掉了。

“哦，我的天啊！”

山羊

如果那是封情书，你就会这样尖叫的。

山羊吃纸吃得很香，像是吃食物一样。

究竟山羊为什么会吃纸呢？吃完纸对它没有什么大碍吗？

山羊本来就喜欢吃树枝、树叶、青草、嫩芽、青菜等，此外还喜欢吃葛藤。山羊吃的这些食物都是富含纤维的。

正因为如此，纸对山羊来说也是一种富含纤维的食物。纸以木头为原料，有着淡淡的木头香味，因此山羊把纸当成食物，才会吃得津津有味。

而且山羊吃完纸后也不会不舒服。因为山羊有四个胃，通过反刍，它能很好地消化纸。反刍指牛或山羊等家畜把已经下咽过的食物重新呕回口中再次咀嚼的过程。

山羊一般长有一对角，公山羊下巴上有须。小山羊非常可爱，不过它们的下巴上也会长须，看起来有点儿滑稽，像是可爱的老爷爷。

有趣的小知识！

蜗牛也会吃纸？

很多人都知道山羊爱吃纸，不过蜗牛也爱吃纸就鲜为人知了。蜗牛主要以青草或青菜为食，竟然也爱吃报纸之类的纸。

纸的主要成分是纤维，只有体内有纤维分解酶才能消化纸，而蜗牛能直接分泌这种酶，所以可以毫无顾虑地大吃一顿。

第12章

啄木鸟为什么经常叼啄树木呢？

“嘟嘟嘟！”

啄木鸟正用坚硬的喙用力叼啄树木。那么啄木鸟叼啄树木究竟想做什么呢？

啄木鸟叼啄树木的原因有好多，有时是为了筑巢，有时是为了找树木中的幼虫来吃。

还有些啄木鸟是为了占领地盘，所以才穿行于树林中，并乐此不疲地叼啄树木。这是一种标记领地的行为，意味着“这是我的地盘，不要侵犯”。

啄木鸟

跟小朋友想的不同，啄木鸟兢兢业业地叼啄树木并不是因为觉得有趣，而是为了生存。

啄木鸟利用舌头来捕捉树木中的幼虫。啄木鸟的舌头细长，

舌端长有针刺，因此非常适合捕获深藏在树木中的幼虫。

啄木鸟以非常特别的方法落在树上。一般的鸟，落在树上的时候，3个趾向前，一个趾向后。可是啄木鸟落在树上的时候，2个趾向前，另2个趾向后。这样，啄木鸟在啄击树木时，就能够牢牢地站立在垂直的树干上。

啄木鸟为了啄木时支撑身体，还会把尾羽紧贴在树干上。因此啄木鸟的尾羽比其他鸟类更发达，更坚硬。

有趣的小知识!

啄木鸟的长鼻毛

啄木鸟的眼睛正下方及喙的始端处长有长长的鼻毛。当啄木鸟啄击树木时，这些鼻毛会起到重要作用。由于啄击树木的时候会扬起木屑，这时鼻毛正好起到屏障作用。如果没有这些鼻毛，啄木鸟就会因木屑飞入眼睛或鼻子而感到非常不舒服。

第13章

蟾蜍也能打败蛇，是真的吗？

蟾蜍

蟾蜍究竟凭什么连蛇都不怕呢?

蟾蜍在蛙类中，虽说是个头儿最大的一个，不过还没大到可以吞下蛙类天敌——蛇的程度。但不管怎么说，蟾蜍遇到蛇都会泰然自若。遇到蛇时，它会把两个后腿伸直，并把全身鼓起来，准备随时迎战。

蟾蜍之所以可以在蛇面前泰然自若，是因为它独有的毒性。蛇一旦吞掉蟾蜍，蟾蜍就会从身体里喷出毒液。蟾蜍的皮肤分泌出有毒的化学成分会让吞下蟾蜍的蛇感到非常的不适。因此大多数蛇最终都会选择吐出蟾蜍，然后落荒而逃。

有过中毒经历的蛇，不会再招惹蟾蜍。由于以前被狠狠地教训过，蛇一遇到蟾蜍就会躲得远远的。

有趣的小知识!

蟾蜍还能杀死鳄鱼?

不久前，澳大利亚的一个报纸上刊登了一条令人震惊的消息。内容是有足球一半大小的蟾蜍竟然杀死了3米长的大鳄鱼。70年前，为了消除害虫，澳大利亚从南美洲引进了蟾蜍。而如今人们却担心蟾蜍正在威胁生态平衡。在澳大利亚，时常会发生狗咬了蟾蜍后中毒死亡的事件。

第14章

鲸鱼呀，既然你不是鱼类，那为什么要生活在海里呢？

如果只看外观，鲸鱼无疑是一条巨大的鱼，不过鲸鱼并不是鱼类，而是哺乳动物。

而且鲸鱼像人类一样，也是用肺呼吸。假如长时间待在水下，鲸鱼也会窒息而死。

鲸鱼浮出水面后，会把剩余在气管里的少许空气从喷气孔喷出去。接着深吸一口气后再潜到水下。因为氧气会充分融进鲸鱼的血液里，所以鲸鱼可以潜泳很长一段时间。

既然鲸鱼是哺乳动物，那它为什么会生活在海里呢？

在遥远的过去，鲸鱼的祖先不像现在这样具有庞大的身躯，据说它还有可以支撑身体的四肢。鲸鱼原来生活在海滨一带，后来因生存环境的恶化，才到海洋生活。

经过漫长的岁月，鲸鱼的前肢变成了鳍，以适于在海里游泳，后肢则退化，只剩了几个骨片。也就是说，生存所需要的部分会发达，不需要的部分会退化、消失，所以就进化成了现在这个样子。

鲸鱼和其他哺乳动物相比，其胸腔很脆弱，因为鲸鱼体内没有多少肋骨与胸骨相连。因此如果在陆地上生活，身体巨大的重量就会严重压迫胸腔而造成呼吸困难。所以鲸鱼会在大海中生活。

鲸鱼因体型巨大而遭到人类的大量捕杀。杀一条鲸鱼可以获得很多肉，所以人们纷纷捕杀鲸鱼。再加上鲸鱼的脂肪可以制造人造黄油、化妆品或肥皂等生活用品，因此鲸鱼遭受了更多的捕杀。

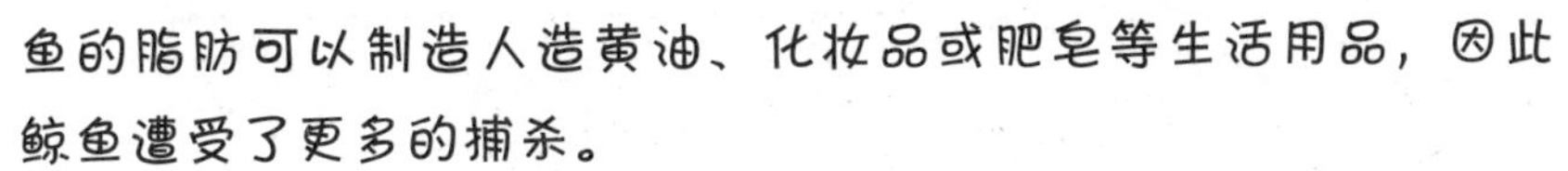

但是现在不能随便捕杀鲸鱼，那是因为人类为了拯救处于濒临灭绝的鲸鱼，制定了国际法，把鲸鱼保护起来了。

有趣的小知识!

小鲸鱼只要一年就能长到25吨

鲸鱼一天给小鲸鱼喂 100 升的奶。鲸鱼的奶富含脂肪和蛋白质。鲸鱼需要在很短的时间内把小鲸鱼喂饱，因为鲸鱼是用肺来呼吸的，如果授乳时间过长的话，小鲸鱼就会有生命危险。小鲸鱼只需要一年就能长到足有 25 吨重的庞大体型。鲸鱼是所有动物中成长速度最快的。

第15章

看来电鳗身上有发电站！

究竟电鳗是如何产生电的呢？难道它身上有发电站？

电鳗会发电，其实只是一种捕食的手段。

当电鳗肚子饿的时候，尾部会以每秒 2~3 次的频率发出音波，以便确定食物的具体位置。然后分布在它身体后部两侧的发电器官就会产生电，周围的鱼类就会因电流的强烈冲击而被电死或电晕。这时候电鳗就会优哉游哉地吃这些到手的食物。电鳗也用同样的方法来抵御敌人。

电鳗

电鳗的发电力竟能达到650~850伏，这是在能产生电的鱼类中最强的。如果时机恰当，电鳗制造的电流甚至还能电死一匹马。我们在家里使用的电的电压为220伏，可想而知电鳗产生的电有多强了。

电鳗的体长为2米左右，身体呈暗褐色。电鳗栖息于南美洲的亚马逊河、圭亚那河等地区，主要生活在河底有淤泥的安静水域中。

有趣的小知识！

还有能产生电的鱼类？

除了电鳗，还有一些鱼类可以产生电。那就是电鳐和电鲶。电鳐在胸鳍处有蜂窝状的发电器官，电鲶的发电器官不均匀地藏于全身的皮肤和肌肉之间。

电鲶生活在尼罗河等非洲热带地区，电鳐则生活在中国东海、韩国西海和南海、日本的南海等地区。

其中以电鳗产生的电为最强，有650～850伏，电鲶产生的电为400～450伏，而电鳐只能产生20～30伏的电。

第16章

恐龙为什么会全部消失了呢？

在距今大约6500万年的中生代，人类并不是地球的主人。

某一天，突然有颗陨石落在地球上引起了巨大的爆炸。

受到猛烈冲击的地球，山崩地裂，火山开始到处喷发。

地球瞬间成了火海，很多东西都化为灰烬。

谁来救救霸王龙?

由于铺天盖地的灰尘遮住了太阳，因此地球的气温骤然下降。

食草恐龙赖以生存的植物不会再生长，食草恐龙便接连死去了。

最后连食肉恐龙也灭绝了。

之后，地球上就再也见不到恐龙了。

最小的恐龙和最大的恐龙

大部分恐龙都巨大无比，不过也有体形小的。最小的恐龙是“细颚龙”。根据推测，细颚龙身长约 60 厘米，体重约 3 千克，大概有母鸡那么大。这种恐龙用干瘪的双腿奔跑，并主要以蜥蜴为食。不久前最大的恐龙还是“极龙”和“超龙”——在美国科罗拉多州发现了它们的化石。不过这一纪录被 1986 年 6 月在新墨西哥州发现的“震龙”化石打破了。

震龙即“地震龙”的意思。由于震龙的体型过于庞大，以至于它走动时会发出犹如地震般的响声，因此才取了此名称。据推测，震龙的体长为 39 ~ 52 米，体重超过 100 吨。

细颚龙

性情最残暴的恐龙

尽管从三叠纪时就有了像始盗龙一样可怕的食肉恐龙，但是进入侏罗纪时，像班龙或跃龙一样的大型食肉恐龙才正式亮相。其中，跃龙以侏罗纪时代最可怕、最凶猛的恐龙而名噪一时。

暴龙

众所周知，在白垩纪，暴龙是最残暴的恐龙。它的名字与其性情很相称，具有“霸王龙”的意思。

此外，因能自如活动后脚趾爪而被叫做“恐怖的趾爪”的恐爪龙和艾伯塔龙等都是可以与暴龙比肩的残暴恐龙。

第17章

骆驼的驼峰里装的是水吗?

骆驼在沙漠长时间不喝水也能撑得住，所以被称为“沙漠之舟”。

那么鼓出来的驼峰里是不是装有水呢?

不是。

驼峰中贮存的是20~80千克的脂肪，不是水。

靠驼峰里的脂肪，骆驼5~6天不吃任何东西也能忍受得了，而且就算不喝水，它也能生存一个月左右。

如果骆驼吃不到东西或喝不到水，就会把驼峰里的脂肪分解为养分来使用。因此如果长时间吃不到食物，驼峰就会渐渐变小。不过只要吃了食物，驼峰就会重新变大。

骆驼的身体构造非常适合在沙漠生活。它的耳朵小，身上长着很多毛，而且还长着长长的睫毛。

双峰骆驼

单峰骆驼

即使刮沙尘暴，沙子也不会轻易进入它的眼睛或耳朵里。并且由于能随意开闭鼻孔，所以能防止沙子进入鼻子里。

骆驼的脚掌像小垫子一样既柔软又宽大，所以在沙地上行走自如，不会陷入沙中。

在沙漠旅行时，骆驼是必不可少的交通工具。

有趣的小知识！

单峰骆驼和双峰骆驼怎么不一样？

有一个驼峰的骆驼叫做单峰骆驼，有两个驼峰的骆驼叫做双峰骆驼。

单峰骆驼又叫做“阿拉伯骆驼”。它主要供人骑乘，能在炙热的沙漠驮着人行走一整天。

双峰骆驼主要用来驮运货物。双峰骆驼可以驮着足有250千克重的货物，以每日平均30～40千米的速度持续行走一周。双峰骆驼主要生活在中国大陆和蒙古，而且四肢粗短，身上的毛也很长，因此非常耐严寒。

第18章

乌龟真的能活过100岁吗？

乌龟以长寿而闻名。尽管我们不能确切地知道乌龟的寿命，但乌龟可以活100年以上却是千真万确。

根据在动物园长期观察乌龟的人们所说，乌龟至少能活100年以上，甚至还有活过200岁的乌龟。

乌龟

作为参考，我们来了解一下其他动物的平均寿命吧：老虎可以活26年，长颈鹿可以活28年，狗可以活29年，狮子可以活30年，考拉可以活48年，河马可以活49年，马可以活62年，非洲象可以活70年。

有趣的小知识！

海龟能产多少个卵？

3～6月份，海龟为了产卵而上岸，一次产卵100～200个。

夜间，乌龟来到沙滩上先挖个洞，接着把卵产在里面，然后用沙子埋起来，最后回到海里去。

从卵里孵化出来的小海龟会成群结队地奔向大海，不过有许多小海龟还没到海里就已夭折。这是因为飞翔在空中的鸟类一旦发现这些小海龟，就会聚集过来捕食它们。因此在雌海龟一次产下的卵所孵化出来的小海龟中，只有很少一部分能够存活下来。

第19章

奔跑速度最快的动物是谁?

有趣的小知识！

游泳冠军和跳远冠军

游泳冠军是虎鲸，时速为58千米。亚军是海狮，时速为40千米。其次，龟的时速为35千米，海豹的时速为18千米，海獭的时速为18千米，河马的时速为13千米。最后是人类，时速为7.3千米。

跳远冠军是能跳15米远的雪豹；亚军是非洲羚羊，它能跳12.5米；其余依次是：狮子能跳12米，美洲狮能跳11.9米，大袋鼠能跳10米，人类能跳8.95米，狗（牧羊犬）能跳7.7米，非洲跳鼠能跳4.7米，眼镜猴能跳2.5米。

第20章

动物是怎么觉察到地震将要发生的呢？

2004年，在东南亚发生了强烈的地震海啸，出人意料的是，灾区的动物们并没有因为这次灾害而大量死亡。斯里兰卡很多人在这次地震海啸中丧生，不过这里最大的野生动物保护区——亚勒国家公园里没有发现任何动物的尸体。

在那次灾难中，亚勒国家公园的树木被连根拔起，还造成包括外国游客在内的200多人死亡。地震海啸在这个地区显示出比其他任何地区都要大的威力。

但奇怪的是，在野生动物保护区没有发现一具动物尸体。这个地区生活着大象、鳄鱼、野猪、水牛、猴子、豹子等动物。可是这些动物都躲过一劫，一只都没有死。

这就证明了动物对这样的自然灾害具有特别的感知能力。

1975年在中国东北地区，由于动物们事先觉察到有地震将要发生并做出奇怪的行为，数万人的生命才得以保全。

当时发生了里氏（地震震级单位）7.3级的强烈地震。地震发生前，马、狗、鸡等都出现了躁动不安的异常现象。人们看到这些现象后，发出了地震警报，数万人免遭灾难。

从这种现象来看，动物们确实具有事先察觉自然灾害并躲避的能力。蚂蚁觉得雨季将要来临的时候就会搬到高处，要是觉得受旱时就会搬到低处。此外，青蛙和昆虫也能感觉到台风之类的气象变化，山鸡也能事先察觉到有地震将要发生。

尽管科学家们正进行着很多与之相关的研究，但是还无法用科学证明。他们只是猜测：动物可以依靠感知地震或台风即将来临时传出的细微声波来躲避灾难，仅此而已。

第21章

鸟儿啊，你是怎样飞行的呢？

当看见鸟儿在天空中自由飞翔时，我们都会羡慕它们。如果能像鸟一样在天空中展翅高飞，那一定很带劲儿。自己想飞到什么地方就飞到什么地方，在高处俯瞰世界一定会非常漂亮。

为了能像鸟一样，人们从古时就开始尝试飞翔。

正是基于这种想飞的梦想，人类才发明了今天的飞机。

不过如果人们不使用飞行工具，只靠自个儿还是飞不了的。无论我们怎么扑扇胳膊，都不可能让自己的身体飞起来，哪怕只是一米。

那么鸟究竟是怎样飞行的呢？如果说仅仅是因为“有翅膀”，那么是不是很没劲儿啊？鸟之所以能飞行，除了翅膀外，它的身体还藏着各种有助于飞行的秘密。

飞行中的海鸥

接下来让我们一探究竟吧。

第一，鸟的骨头非常轻。鸟的骨头是空心的，只占体重的5%~6%。而人类的骨头则占体重的20%左右。

第二，鸟的体内有很多气囊与肺相连，好像气球一样。这不仅有助于呼吸，而且对减轻体重也非常有利。

第三，鸟的胸肌非常发达。鸟的大部分肌肉都集中在胸部，这是为了更好地扑扇翅膀。

第四，鸟不在体内贮存粪便和尿液，这些废物会及时被排出体外。所以鸟的身体一直都很轻。要是它把排泄物贮存在体内，就会因身体过重而不便于飞行。

鸟儿具有这些利于飞行的各种优秀的身体条件和最重要的翅膀，所以才能在天空中自由飞翔。

由此看来，说鸟类的身体简直是为飞行而打造的也不为过。

有趣的小知识!

世界上最小的鸟和最大的鸟

世界上最小的鸟是蜂鸟。蜂鸟体长约5.7厘米，体重只有2～20克。世界上最大的鸟是鸵鸟。鸵鸟体长2.7米，体重竟达到157千克左右。鸵鸟虽然不能飞，但是因自己是最大的鸟而深感自豪。

第22章

兔子为什么会吃自己的粪便？

正在吃排泄物的兔子

要是好好观察兔子，你会发现它们有一个奇怪的习性——吃自己的排泄物。

兔子究竟为什么会吃自己的排泄物呢？是因为肚子饿，还是有其他原因？

兔子吃自己的排泄物，一定有这样做的理由。

兔子是食草动物，主要吃草、树叶等。草或树叶富含纤维质，而纤维质不易在胃里分解。

牛或山羊等食草动物有四个胃，在第一个胃和第二个胃里生活着可以分解纤维的细菌。多亏这些细菌，牛和山羊才能很好地消化纤维质。

那么兔子也有四个胃吗？并非如此。兔子只有一个胃。而位于小肠和大肠之间的盲肠内有能分解纤维质的细菌。这些细

菌把纤维质分解后，兔子靠吸收这些养分来生活。不过兔子吸收不了养分中的维他命B成分，以至于该成分掺杂在排泄物中一并被排出体外。可是维他命是有利于食物消化和吸收的重要营养素，所以兔子才会吃自己的排泄物。

正是因为身体的需要，虽然排泄物脏，但兔子不得不吃。

不过不是所有排泄物都能吃。兔子的排泄物有硬的，也有软的，兔子只吃软的。因为只有软的排泄物中才含有重要的维他命。

有趣的小知识！

兔子的耳朵是冷却器？

兔子用耳朵来控制体温。兔子是胆小的动物，当遇到敌人时它就会迅速逃跑。跑着跑着身体就会发热。这时候兔子就会竖起耳朵来散热。当有风吹过来时，从大耳朵散发出来的热量马上就会被冷却掉，因此兔子的耳朵算是调节体温的冷却器。

第23章

河豚的毒有多强？

河豚是具有强毒性的海洋鱼类之一。河豚具有比剧毒氰化钾还要强275倍的毒。

可是美食家（喜欢试吃各种食物的人）们仍然爱吃河豚刺身（生鱼片），并把河豚刺身当做最高级的美食。有些挑剔的美食家们认为河豚的肝脏是最美味的食物。但是河豚体内毒素最多的部位之一正是河豚的肝脏。

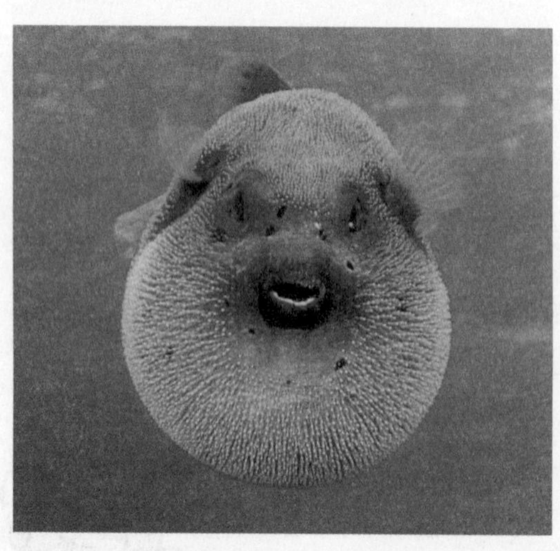

把身体鼓得圆嘟嘟的河豚

河豚的肝脏虽然非常好吃，但是如果误食未经毒性处理的肝脏就会丢掉性命。

当河豚的毒在人体内扩散时，首先口唇和舌头会刺痛，然后手指发麻，接着出现全身发麻的症状。

此时虽然意识清醒，但手脚却没知觉，以至于无法动弹。接下来便呼吸困难，不到几分钟就会死亡。不过也有几小时后死亡的情况。

因此如果河豚的毒以致死量（引起死亡的剂量）扩散到人体就会致命。对于河豚的这种毒素，至今也没有什么特别有效的解毒剂。

不过现在专门烹饪河豚的饭店里，厨师会非常仔细地处理河豚，所以到这种地方食用河豚菜肴是很安全的。

现在，几乎没有人因在餐厅吃河豚而死。

河豚有100多种，分布在世界各地，其中大部分都具有毒性。

河豚的长相实在不怎么好看。遭到攻击时，它会把自己的身体鼓成原先的3倍大，变成像气球一样滑稽可笑的样子。

有趣的小知识!

河豚的龅牙连鱼线都能咬断

河豚长有铜铃般的眼睛和大鼻孔，还有一口龅牙。不要小看这些龅牙，其威力特别强。河豚可以用这些龅牙来咬碎文蛤，咬断鱼线。

第24章

干旱时，大象怎么寻找泉水呢？

大象究竟怎么找到泉水喷涌的地方呢？这是非常神奇的事情，科学家们到现在也没有找出其中的奥秘。

大象

虽然大象的视力和听力弱，但它的嗅觉却很灵敏。于是科学家们猜测，大象可能是利用其灵敏的嗅觉闻出水源的气味后找到泉水的。

有趣的小知识！

大象知道自己的死期？

老象将要接近生命终点时就会离开群体，去一个特定的场所。可是没人知道这个场所是哪儿。象牙和象骨堆积如山的地方正是大象的坟墓。不过也有故事说，有偷猎者偶尔发现了大象的坟墓，卖掉昂贵的象牙后成了富翁。

第25章

树懒为何只在树上生活？

树懒有很奇怪的习性，几乎一生都不会从树上下来。

只生活在树上难道不会厌倦吗？

看似会厌倦、烦闷，可是树懒还是不会从树上下来。

树懒生活在中美洲和南美洲的热带森林中，不仅在树上进食、睡觉，而且也在树上生仔。树懒用像钩子一样长长的爪子抱住树并倒挂着生活。

因为树懒靠吃树叶或树的果实来维生，所以没有必要下地觅食。由于一天睡 18 个小时，树懒几乎不动弹，身体就不会流汗，体内的水分也不会流失多少，所以不用另外喝水，它也能通过吸取树叶或果实中的水分来维持生活。

虽然这种次数极为罕见，但树懒也有下地的时候。不过树懒在地面行走速度太慢，一分钟仅能走4米。因为这种非常缓慢的移动速度，所以树懒来到地面就会非常危险，有猛兽扑过来时就只能坐以待毙了。因为自身的这些缺陷，树懒才会在树上生活。

正在游泳的树懒

正在摘树叶吃的树懒

树懒还是天下第一懒鬼，以至于毛上长了飞蛾的幼虫、苔藓，它根本不去理会。悬吊在雌树懒的肚子上生活的小树懒即使在它的肚子上拉屎，它也不会眨一下眼睛，就那样把幼崽的屎弹掉。

树懒，真的是不折不扣的懒鬼吧？

有趣的小知识！

当遭到蛇的攻击时，树懒是如何躲避的呢？

树懒因在树上生活，所以几乎没有陷入危险的时候。不过偶尔有蛇会爬到树上攻击树懒。这时树懒会制定紧急对策。

树懒一般悬挂在伸到河面上的树枝上生活，当遭到蛇的攻击时，它就会扑通跳入河里。又懒又慢的树懒非常善于游泳和潜水，在水里的速度很快。这样树懒就能很轻易地躲过蛇的攻击。

不过要想从河里再回到树上，那就需要花好几个小时了。

那也没办法，活命要紧啊。

第26章

眼镜蛇为什么听见笛声就会跳舞呢？

眼镜蛇发火时就会把颈部肋骨扩张形成兜帽状，让自己的身体看起来更大。印度眼镜蛇的兜帽后面有眼镜状的纹理，因此被称为“眼镜蛇”。最大的眼镜蛇体长能达到5.5米。

装进笼子里的眼镜蛇随着主人的笛声跳舞，钻出来的情景在印度街头上常常能见到。看着只靠一支笛子就能使眼镜蛇跳舞的情景，真是让人觉得非常神奇。

眼镜蛇

那么眼镜蛇真的是听见笛声才跳舞的吗？还是因为讨厌笛声才会摇头摆尾？

事实上两个都不是。眼镜蛇没有耳朵，不仅如此，所有的蛇类都没有耳朵，所以听不到声音。无论传来多么美妙的音乐，它们都无法听到。

可是眼镜蛇为什么会随着笛声跳舞呢？

其实眼镜蛇并不是因为听到笛声才跳舞

的。当主人吹笛时，眼镜蛇通过感知从笛子末端吹出的风来跳舞。准确地说，这不是舞蹈，而是因生气而摇摆着身体，做出攻击姿势。眼镜蛇极具攻击性，一旦受到外界刺激，便会立刻摆出攻击姿势。

不过也有与此相异的意见。眼镜蛇的主人一边吹笛，一边悄悄地碰笼子，或者靠跺脚来引起震动，眼镜蛇可能是因感觉到这个震动才摆出攻击姿势的。

不管怎么说，至少有一点是正确的，那就是眼镜蛇肯定不是因为听到笛声而跳舞的。

有趣的小知识！

如果眼镜蛇被其他眼镜蛇咬到会怎么样？

眼镜蛇具有一种被称为“神经毒”的剧毒。不用说其他动物，就连人被咬到也会丢掉性命。那么如果眼镜蛇被其他眼镜蛇咬到会怎么样呢？

眼镜蛇被其他眼镜蛇咬到同样会丢掉性命。神经毒素在体内扩散就会严重影响到神经而造成呼吸困难，最后窒息而死。

第27章

还有鳄鱼害怕的动物？

鳄鱼是非常可怕的动物，主要生活在亚洲、非洲、美洲等比较浅的湖泊或河岸地带。因性情暴戾，有韧劲，所以一旦被鳄鱼锋利的牙齿咬住，一般的动物都不可能幸存下来。

如果不能一口吞下食物，鳄鱼就会用锯齿般强有力的牙齿咬住食物，并用力地旋转，直至猎物被撕成一缕一缕的。

要是食物比较小，鳄鱼干脆不用咀嚼，咕咚一口就吞下去。鳄鱼的嘴可以张得非常大，以至于大块头的动物也能被它一口吞下去。由于鳄鱼的胃液强到可以轻易融化并吸收坚硬骨头的程度，所以吃进鳄鱼肚子里的食物马上就会被消化掉。

鳄鱼捕食乌龟、水鸟、鱼类等，抓到什么就吃什么。即便是来到河边喝水的鹿或羚羊也会成为鳄鱼的“盘中餐”。

鳄鱼的身上覆盖着像

鳄鱼

铁甲般的鳞甲，和一般的动物打斗时它从来都不会输。因为块头大，而且还力大无比，所以仅仅是看着也会感到恐惧。不过如此可怕的鳄鱼也有自己害怕的动物。究竟是什么动物呢？

河马就是鳄鱼最害怕的动物。再怎么有力的鳄鱼也不能和体积庞大的河马相抗衡。河马不仅比鳄鱼更有力，而且还具有更加坚硬的牙齿，因此鳄鱼拿它也没办法。

河马

如果鳄鱼不知天高地厚扑向河马，河马就会把鳄鱼拖进水中，用牙齿撕掉鳄鱼最脆弱的肚皮，而且还会用头部撞击。这样，鳄鱼就只能坐以待毙了。

因此一般情况下，鳄鱼发现河马后就会偷偷溜走。

有趣的小知识！

鳄鱼吃自己的幼崽？

过去，人们认为鳄鱼是连自己的幼崽都会吃的残忍动物，那是因为人们常常目睹到鳄鱼衔着幼崽的情景。

可事实并不像人们看到的那样。鳄鱼会轻轻衔住刚出生的幼崽，然后把幼崽转移到有水的地方。人们正好看到了这个情景，于是就认为鳄鱼会吃自己的幼崽。其实恰好相反，鳄鱼对自己的幼崽特别呵护。

像鳄鱼一样对自己的幼崽呵护有加的动物，在爬行类动物中是非常罕见的。

第28章

孔雀为什么会开屏？

展开五彩缤纷、色泽艳丽的尾屏，还不停地搔首弄姿的是雄孔雀。到了交配季节，雄孔雀就会展开尾屏，向雌孔雀炫耀自己的美丽，以此来吸引雌孔雀。只有这样才能使雌孔雀迷上雄孔雀的迷人外表，进而求偶成功，达到繁殖下一代的目的。

孔雀

有趣的小知识！

雄性比雌性漂亮？

鸟类中，通常是雄性拥有比雌性更光鲜的色彩，羽毛的装饰也更为漂亮，这都是为了吸引雌性与之交配。当交配时节到来时，雄鸟会展开翅膀和尾羽，或倒竖头、脖子或全身的羽毛，然后翩翩起舞，以此来吸引雌鸟。

第29章

飞鱼真的能像悬挂式滑翔机一样在水面上飞行吗？

飞鱼主要生活在韩国、日本、中国的台湾省等国家和地区。它具有非常神奇的本领，能像悬挂式滑翔机一样在海面上飞行。

究竟飞鱼是如何飞的呢？

飞鱼非常胆小，因此在海里被敌人追赶时就会迅速逃跑，接着便会嗖地飞起来。飞鱼飞跃之前会在水面附近高速游泳。有了一定速度以后，它便用尾鳍用力拍水，整个身体就会嗖地一跃而起。

飞鱼一旦跃出水面，就像展开翅膀一样打开巨大的胸鳍与腹鳍滑翔。落入水面后再用尾鳍拍水，重新飞起来。

如果能利用好风力，飞鱼可以飞行相当远的距离。有时能在离水面2~3米的空中飞行400米远，几乎可以和悬挂式滑翔机媲美。

不过有时候也会出问题。如果要飞行，就要先仔细观察一下周围的环境，但是飞鱼却很粗心大意。倒也是，急于逃跑，

哪还顾得上那么多啊。

于是就经常会发生一些飞鱼离开水面飞行时突然撞到船上丧命的事情。

据去远海捕鱼的渔夫们说，飞鱼会突然撞到船舱而死，或跌落到船甲板上而死。

有趣的小知识！

鱼类也睡觉吗？

鱼类一直睁着眼睛，好像不睡觉。非也，非也。其实鱼类也是会睡觉的。只不过有些鱼类是在白天睡觉，有些鱼类是在晚上睡觉。

比目鱼和鲽鱼白天会钻进沙子里睡觉，一到晚上就开始活动。鲤鱼或鳟鱼睡觉时用身体摩擦河的底部。鲣鱼或沙丁鱼不分昼夜，一有空就睡觉。河豚是唯一长有眼睑的鱼类，它睡觉时，有时会闭着眼睛，有时会眨巴眼睛。

第30章

有会变性的鱼类？

世界之大，无奇不有。海洋中有些鱼类可以由雌变雄，或由雄变雌，也就是可以变性。对人类来说这是非常特别的事情，不过对鱼类来说这就不是什么稀罕事儿了。世界上有2万余种鱼类，其中可以雌雄互变的鱼类有400余种。

这些鱼类一生都没有固定性别，它们会随着周围环境而不断改变雌雄。

在此了解一下典型变性鱼类——小丑鱼。

小丑鱼体长约15厘米。在鱼群中雌鱼占主导地位，雄鱼则在雌鱼的支配下生活。

于是在鱼群中，体格最强壮的是雌鱼，其余都是雄鱼。这些雄鱼之中只有最厉害的才可以让雌鱼产下的卵受精。

如果领头的雌鱼死去，那么在这些雄鱼之中最强壮的雄鱼会变成雌鱼。雄鱼变成雌鱼后，大约过4~9周后就能产卵。接着由剩余雄鱼之中最厉害的参与到受精过程。

小丑鱼究竟为什么会这样生活呢？

这种鱼类生活在海葵的周围，并以海葵吃剩下的食物为生。在这种食物和空间有限的生存条件下，如果雄鱼和雌鱼自由交配并繁衍后代，就会导致食物缺乏及生存空间变小。那样最终整个鱼群都有可能灭亡。

所以小丑鱼为了保证种群的延续，就会限制可以产卵的雌鱼数量。尽管这样会使数量减少很多，不过小丑鱼的种群却可以继续繁衍下去。

有趣的小知识！

温度决定雌雄？

8～10月份，鳄鱼会在沼泽地带的沙子或泥土里产下20～30枚卵。不过鳄鱼的卵由温度决定雌雄。温度高，孵化出的是雄性。温度低，孵化出的则是雌性。

与之相反，乌龟的卵在温暖的地方会孵化出雌性，在荫庇的地方会孵化出雄性。

第31章

狗为什么会吐出舌头呼呼喘气呢？

在炎热的夏天，狗跑一会儿就会因受不了酷热而气喘吁吁。

高温下的狗会张大嘴巴，吐出红红的舌头，呼呼地喘气。人做了剧烈的运动后也会气喘吁吁，不过不会像狗一样吐出舌头。

究竟为什么狗会吐出舌头呼呼喘气呢？

狗

理由很简单：狗的皮肤上没有汗腺。

分布于动物皮肤的汗腺，对整个生命体的新陈代谢起着非常重要的作用。汗腺的主要作用是排出体内产生的汗液或废物，这个过程同时也会散发体内产生的热量。

如果不能散发体内产生的过多热量，就会导致体温过高，危及生命。

在炎热的环境中，汗腺能起到维持一

定体温的重要作用。

不过狗并没有如此重要的汗腺。因此为了散发出体内的热量，狗就会吐出舌头喘气。

也就是说，狗狗们的舌头可以起到汗腺的作用。

狗吐出舌头呼呼喘气的时候也会哗哗地流口水，这和人流汗是一样的道理。

要是看见狗耷拉着舌头呼呼喘气，就给它一碗水，这对降低它们的体温有一定的帮助。

有趣的小知识！

狗为什么在无人的夜晚吠叫呢？

每到夜晚，虽然看起来明明没有什么东西，但是狗经常会汪汪直叫。这是因为狗的嗅觉和听觉非常灵敏。尽管人眼看不见，但狗却发现了什么陌生的东西，所以就会吠叫。

狗的嗅觉是人类的 10 万～10 亿倍，听觉是人类的 4 倍左右。

正因为如此，狗通过近似于特异功能的鼻子和耳朵，比人类先觉察到异常迹象，并通过“汪汪”的叫声传达这种信息。

第32章

河狸为什么被称为建筑师？

河狸是体长为60~70厘米、体重为20~30千克的小型动物。

不过，河狸在筑坝和搭巢方面有着惊人的高超技艺。

河狸生活在小河流中，搭巢的时候首先会阻断河流来垒坝。用它既锋利又坚固的牙齿啃断并放倒树木后，再把石子和泥土搅拌后堆成堤坝。堤坝的长度一般为20~30米，有的河狸还筑过足有600米长的堤坝。

河狸

筑完堤坝自然就会形成大池塘。河狸会用树木、泥土、石子，在这个池塘中建一座小岛，在这座岛上建造与水下相通的坚固巢穴。这个巢穴又大又坚固，连人也能进去。因为只能通过没入水中的洞口才可以进入巢穴，所以天敌们都不容易接近。

河狸用树木筑起来的堤坝

河狸搭巢时，啃树木的样子真是太奇妙了。直径为20厘米的树，河狸只要用它的大门牙啃几下，树木马上就会“扑通”一声倒地。为了便于搬运，河狸还要对被放倒的树木进行打磨、截断，其手艺可以与木匠相媲美。

河狸的巢穴在冬季也是坚若磐石。当然，天气非常寒冷的时候，巢穴上方的泥土就会冻得硬邦邦。不过巢穴的里面却不会被冻住。因此海狸可以在特别暖和的巢穴中过冬。海狸把食物贮存在水下，以备度过寒冷又漫长的冬季。

海狸具有如此出色的筑坝、搭巢本领，被人们称为“天才建筑师”。

有趣的小知识!

河狸是哺乳动物，它是如何在水中过活的呢?

河狸的身体结构很适合在地下和水中生活。河狸的鼻孔和耳孔在潜水时会自动关闭。而且河狸的眼睛长有可以保护眼睛的透明膜。不止如此，河狸的后肢还长有蹼，因此非常便于游泳，游泳时尾巴还可以用来控制方向。

河狸可以在水下待很长时间。因为它的肺脏(肺)非常大，所以一口气能吸入很多空气。而且由于可以在血液中贮存氧气，所以很长时间不呼吸也没有问题。

第33章

水蛭可用于医疗？

水蛭属于环节动物，可用于医疗。这是因为水蛭对皮肤移植（移动后粘贴）手术的术后康复具有卓越的治疗效果。

皮肤移植手术的最大问题发生在移植新皮肤之后。皮肤被移植后，只有皮肤的血液循环非常顺畅，伤口才能够很快愈合。不过因为刚刚移植了新的皮肤，所以血液循环不会很顺畅。

如果血液滞留在被移植的新皮肤中，血液循环就会减缓，因此会对新移植的皮肤造成供养不足，从而导致手术失败。

整形外科医生们对这个问题进行了长时间的研究，最后想出了用水蛭来改善血液循环的办法。

水蛭吸附在被移植的皮肤上，10~20分钟就能吸食约60克的血液。这样吸食血液后，水蛭的体重会比平常重6倍之多。

水蛭填饱肚子后就会从患者的皮肤上脱落，但是水蛭脱落以后，患者还会持续2个小时流血。这是因为当水蛭吸血时，会把可以防止血液凝固的“抗凝剂”分泌在患者的皮肤里。

由此可见，水蛭有益于患者，它可以使皮肤的血液循环顺畅。如果血液不凝固，反而继续流出，正好说明血液循环很顺畅。由于水蛭的介入，皮肤移植手术的成功实例不断增多。

现在，水蛭被很多医院广泛用于医学上。为了定期、稳定供应水蛭，现在已有好多处水蛭饲养场。

有趣的小知识！

吃一顿就能活一年？

水蛭饱餐一顿就能不吃不喝轻松生活一年之久。因为水蛭的寿命很长，所以医院在药品室保管水蛭，且随用随取。水蛭只用于吸出血液，所以水蛭越饥饿效果就越好。

第34章

狐狸真的诡计多端吗？

狐狸长得像狗，身体瘦长，腿又短又细。耳朵长且竖立着，嘴巴又尖又长，身上的毛呈银褐色或红褐色。

人们常常把十分狡猾的人比喻为“狐狸”。这是因为狐狸狡诈，诡计多端。如果仔细观察狐狸的生活状态，就会知道狐狸有多机灵、多聪明了。狐狸会在树根处掘洞生活，有时还会厚颜无耻地抢夺耗子或獾子的窝来住。

狐狸在捕猎鸭子时，头上会顶着一团草悄悄地接近。像这样用伪装术骗过鸭子后，便会一下子扑上去。

捕捉兔子时，狐狸会假装肚子疼，并装出一副很可怜的样子，而且还会在地上打滚儿。等到兔子放松警惕凑过来时，狐狸就会猛扑过去。

狐狸

狐狸遇到比自己强壮的动物时，就会悄悄地躲避；如果是比自己弱的动物，就会穷追猛打。狐狸还会偷偷跑进其他动物的窝里，偷吃动物们收集的食物。所以狐狸被称为“奸诈的动物”一点儿都不为过。

如果有可怕的敌害攻击狐狸，它会一边跑，一边清除自己的气味隐藏自己的行踪。狐狸在逃走的途中会突然改变去路，会蹚过小溪或爬到树上去，以达到清除气味的目的。为了更好地隐藏自己的逃亡路线，狐狸还会斜着身体跳出2~3米，甚至还会采取在肥料桶里泡脚的办法，是不是既机灵又诡计多端呢？

狐狸能很好地适应像北极或沙漠一样的恶劣气候条件。因此，狐狸可以生活在世界大部分地区。

有趣的小知识！

真的有长有九条尾巴的九尾狐吗？

很久以前，传说活到千年的狐狸会变为九尾狐。九尾狐还会变成美貌的女子来诱惑人。除了变成美女还会变成其他样子。不过这只是出现在中国的传说或童话故事中，实际上九尾狐是不存在的。

第35章

大猩猩像金刚一样可怕吗？

大猩猩是最大的类人猿。

类人猿的长相与人相似。包括大猩猩在内，还有黑猩猩、猩猩、长臂猿等，它们也像人类一样没有尾巴。

直立的大猩猩高约175厘米，体重达140~180千克。而且因为大猩猩长得又黑又可怕，所所以人们认为大猩猩像在电影里出现的金刚一样可怖。

但实际上，大猩猩很温顺。它主要以芹菜、竹笋、蘑菇为食。兴奋时，大猩猩会站起来，露出牙齿并捶胸，这种行为只是为了恐吓威胁自己的对手而已。实际上，大猩猩只要没有受到攻击，就不会主动伤害对方。

但是即便是再温顺的大猩猩，如果让它在动物园生活，它的性情也会变得有些暴躁。大猩猩一般生活在安静的密林中，如果把它关进窄小的动物园的笼子里，大猩猩就会经常发火，闹情绪。这是因为大猩猩是非常敏感的动物。

大猩猩

在动物园中生活的大猩猩，有时不爱听人的话，而且经常会紧张。大猩猩一紧张就不爱吃食，捶着胸脯，表现出暴躁的行为。

在动物园，大猩猩是不会进行繁殖的。

世界上只有两次大猩猩在动物园繁殖的事例。

有趣的小知识！

大猩猩有多聪明？

大猩猩相当聪明，智商能达到四五岁孩子的水平。头盖骨中大脑所占的体积称为“颅容量”。类人猿中长臂猿的颅容量约 100 毫升，黑猩猩和猩猩的约 400 毫升，大猩猩的竟有 550 毫升。由于大猩猩和黑猩猩的智商比较高，因此它们可以使用工具。

人类的颅容量为 1200～1500 毫升。

第36章

大马哈鱼是如何游回遥远的出生地的？

大马哈鱼是一种体长约70厘米的鱼类，出生于江河，生长在海洋中。大马哈鱼一般在海洋中生活3~4年，等到产卵期的时候又会穿过数千米回到原来出生的地方，在那里产卵并结束自己的生命。

那么大马哈鱼是如何游回遥远的出生地的呢？

跳入江河里的大马哈鱼

对于这个原因，存在很多种说法。

第一种说法是，大马哈鱼的身体可以感觉到太阳的方向，所以可以游回出生地。

第二种说法是，地球的磁场和海水的流向对大马哈鱼回到出生地起到帮助作用。

最后是大马哈鱼可以记住出生地的河水味道，所以它才能找回出生地。

不管怎么说，大马哈鱼会回到出生地是不争的事实。像大马哈鱼一样生活在大海中，又回到江河中产卵的鱼类有鳟鱼、银鱼、冰鱼等。

但是大马哈鱼为什么一定要到江河产卵呢？

那是因为大马哈鱼的卵只能在河水中孵化，而且小鱼也只能在河水的环境中生长，在海水里它们是无法生长的。

因此它们才会长途跋涉，回到自己的出生地产卵。刚出生的小鱼经过2个月左右就可以在海水中生活了。

有趣的小知识！

还有能发光的鱼？

鱼大概有23000个种类，其中可以发光的鱼约有1000种。它们大部分都生活在海底100～150米的黑暗深处。

这种鱼通过皮肤上发光物质的化学反应发光。还有一些鱼通过皮肤上的细菌发光。

自身会发光的鱼还有光睑鲷、龙头鱼、灯眼鱼、光头鱼等。鱼类发光主要是为了诱捕食物或迷惑敌人，还有就是为了吸引异性的注意。

第37章

失去胡须的猫咪会失去方向感?

猫是一种多才多艺的动物。它从高处摔落下来时，可以轻盈地落到地面上，那是因为猫耳朵里的平衡器官非常发达，可以帮助它保持身体平衡。

而且猫的耳朵可以像雷达一样灵活转动，可以清晰地听到任何地方的声音，人听不见的小声音也逃不过猫的耳朵。

猫的趾底长有厚厚的脂肪肉垫，因而行走无声。后腿的弹跳力也十分突出。

还不止这些呢，猫的舌头表面凹凸不平，可以像锉刀一样剔除骨头上的残肉，尖尖的爪子可以随意收起或伸出。

但是多才多艺的猫咪也有它的弱点，那就是它的胡须。

失去胡须的猫咪就会失去方向感，这到底是怎么回事呢？

猫的嘴周围、下巴、上嘴唇、两腮和眼睛的上方都长有胡须，而这些胡须和人的胡须的作用是完全不同的。猫的胡须有极细的神经，触及到物体，它就能感觉到。通过胡须，猫还可以感知周围物体的位置，判断自己所处的位置和场所。

猫咪

所以猫咪的胡须被剪掉就会失去方向和位置感，就不能正常生活，不能抓老鼠，也不能进行快速移动。

有趣的小知识！

猫和狗谁更灵活呢？

IQ，也就是智商水平。狗的智商要高于猫的智商，而且狗也具有比猫更强的综合思考能力。但是猫具有比狗更强的达到某种目的的能力。也就是说，猫是比较有心计的动物。

第38章

还有可以发出声音的鱼？

虽然许多种类的安康鱼都会发出一两种声音，其中以被称为“唱歌的安康鱼”的种类发出的声音最大。它们的身体又粗又短，头特别大而扁平。这种难看的鱼通过鱼鳔上的肌肉震动发出“嗡嗡”的声音。就是这个声音使海上的居民无法入睡。

安康鱼

人们还不清楚安康鱼为什么会发出这种声音，只知道只有雄鱼才会发出声音。科学家们认为这是它们为了吸引异性或警告其他雄鱼而发出的声音。

有趣的小知识！

还有其他能发出声音的鱼吗？

能发出声音的鱼不止安康鱼一种。电鲇会发出“嘘嘘”的声音，金枪鱼会发出猪叫一样的声音。还有箱河鲀和虎河豚会发出狗叫声，石首鱼科中有些鱼类可以发出嗡嗡声、吹口哨声等，而且声音大到船只上的人也可以听见。

第39章

老鼠拥有顽强的生命力？

老鼠对于人类来说是种有害的动物。在14世纪中叶的欧洲，大规模爆发的黑死病使得很多人死亡，而生活在老鼠毛里的跳蚤就是这场瘟疫的罪魁祸首。黑死病给当时的欧洲带来了巨大的灾难，约有三分之一的人口在这场不幸中失去了生命。

老鼠也会给人们的财产带来巨大的损失。在美国，因为老鼠啃掉的农作物所带来的损失，每年多达8000亿美元。同时老鼠咬坏电线偶尔也会引发火灾。

在亚洲，每年因老鼠损失掉的粮食大概有4800万吨。

有时老鼠会咬死鸡、鸭、鹅甚至羊和猪的幼崽来填充自己饥饿的肚子。

有时候老鼠会从养鸡场里偷鸡蛋，因此我们会认为老鼠是一种智商非常高的动物。它们会利用非常聪明的办法把鸡蛋偷走。

老鼠偷鸡蛋时会做出非常惊人的举动，一只老鼠利用它的四肢把鸡蛋抱住并躺下，而另一只老鼠会叼着躺下的老鼠的尾巴连同鸡蛋一起拉走。这样的团队协作和应变性，任谁看到都会从心底里发出由衷的感叹。

老鼠真的是一种非常有智慧和毅力的动物。它可以钻直径不足自身四分之一大的小洞，也可以轻而易举地爬上几乎是垂直的墙壁。还可以挖土做出洞穴，在湍急的水流下也可以游 2 米。老鼠可以跳起 1 米多高，从 15 米高的地方摔落下来也毫发无损。

更让我们惊讶的是老鼠的繁殖能力。不管人们杀死多少老鼠，它们的下一代可以迅速弥补之前的数量。

一只公老鼠和一只母老鼠，它们及其后代在 1 年的时间里可以繁殖 15000 多只老鼠。

有趣的小知识！

顽强的生命力

20 世纪 40 年代中期，美国在太平洋的一座小岛上进行了一次核试验。岛上的许多动植物在这次试验后几乎绝迹。

几年之后，科学家们重新踏上了这座小岛，并以为不会再有任何生命迹象。

但令人惊讶的是，他们在洞穴里发现了很多老鼠，而且这些老鼠看起来都很健康。经过长时间的观察，他们还发现老鼠的寿命比以前更长了。显然，这些老鼠神奇地适应了核辐射并寻求到了一条生存之路。

老鼠拥有这种惊人的、迅速适应环境的能力。如果某一天突然变成世界末日，能够存活下来的也许只有老鼠吧。

第40章

蜂鸟和直升机有何相似之处？

美丽娇小的蜂鸟从很早以前开始就深受人们的喜爱。它那“绿松石”般带有青绿色光泽的羽毛尤其受女性的青睐。西方女士常常把蜂鸟美丽的羽毛用做帽子的装饰品。

采蜜中的蜂鸟

蜂鸟大概有320种，其中有些种类体长不到5厘米，真的是只有蜜蜂般大小。

蜂鸟拥有非凡的飞行本领。它们可以像直升机一样在空中自由飞行。

那蜂鸟和直升机有何相似之处呢？

和大部分鸟类不同，蜂鸟的翅膀上长着长长的“指骨”，这上面带有羽毛，蜂鸟就是利用这对特异的翅膀来维持在空中的各种姿态的。

蜂鸟不仅可以悬停在空中保持静止状态，还可以像蜜蜂一样发出嗡嗡的声响，并上下前后随意飞行。它们可以在飞起来之后突然发力加速，也能在到达目的地之后立刻静止。

蜂鸟的翅膀呈八字形，每秒钟能震动78次。这在人们看来就像螺旋桨在转动，并且随之发出“嗡嗡”的声音。

蜂鸟利用这种独特的飞行能力，可以很轻松地采到自己很喜欢吃的花蜜。蜂鸟的爪长得又细又长，能够为采蜜提供很大的便利。它们把这长长的爪插进花中，再用长长的喙吸食花蜜，静止于空中，悠悠地享受着美味。

有趣的小知识！

蜂鸟可以向后飞？

令人惊讶的是，蜂鸟甚至可以向后飞行。在吃完一朵花中的花蜜后，它可以直接从原地向后飞行。这样就可以抽出插在花中的喙，飞向下一朵要采集的花朵。

植 物

第41章

树木可以存活多长时间呢？

每种植物的生长期是不一样的。我们把每年只开一次花、结一次果实之后就结束生命的植物称为“一年生植物”。

依此类推，我们把生命周期为两年的植物称为“两年生植物”，把生命周期在两年以上的植物称为“多年生植物”。

一年生植物里有翠菊、狗尾草、菊花等，两年生植物里有胡萝卜、卷心菜等，而郁金香、百合、紫罗兰等植物为多年生植物。

在多年生植物当中存活时间最长的是树木。树木和其他植物不一样，它们拥有粗壮结实的树干。

多年生植物郁金香

大部分树的高度都能超过6米。树木大体上可以分为针叶树和阔叶树等类型，据说地球上最早的树木是在3亿年前出现的。

那么树木到底可以存活多长时间呢？

树木通常可以轻松地活上几十年或上百年。在我们国家，年龄最大的树木是1200岁的银杏，但在其他国家还有许多比这棵树更古老的树。

例如，生长在美国加利福尼亚的一棵名叫麦修彻拉的刺球果松，树龄高达5000多岁。

而日本屋久岛的一棵绳纹杉的树龄竟高达7200岁。年龄比这棵树更大的是1918年在美国宾夕法尼亚发现的越橘树，经过对土中的树根研究推断，它至少存活了13000多年。

有趣的小知识！

哪些国家的国旗上有树木呢？

加拿大国旗上画有一片枫叶。因为加拿大东部地区长有很多枫树，因此在国旗上画上了枫叶，代表了加拿大人民对枫叶的热爱。

黎巴嫩国旗上画有雪松，据说雪松作为这个国家的象征性树木由来已久。

海地的国旗上画有椰子树，因为在那里长有很多椰子树。

塞浦路斯的国旗上画有橄榄树。

位于非洲西海岸的小国几内亚的国旗上画有木棉树。

第42章

花也可以当成钟表？

第一位发现花钟的人是植物学家卡尔·冯·林奈。林奈是现代生物学分类命名的奠基人，瑞典著名学者。

林奈经过长期的研究和观察发现，各种植物开花都有自己固定的时间。所以他研究了46种植物的“开花时间”和“凋谢时间”，并制作出时间表，人们把这个时间表称做“花钟”。林奈认为，只要仔细观察这46种植物，就可以像真的钟表一样计算出大概的时间。

那么就让我们来了解一下花钟的原理吧！

经过观察，林奈发现最先开花的是一种叫做“勘察加飞蓬”的花，大概凌晨3点钟就会开花。1个小时之后，“野生菊苣”会开花。还有几种花会在间隔一段时间后陆续开放。最后，“冰花”会在上午11点钟绽放。

当然花的凋谢时间也是固定的。“蒲公英”会在上午10点钟就凋谢，名叫“萱草”的花会在晚上8点钟凋谢。

也就是说，林奈提出了通过观察花的开放和凋谢来确定时间的理论。但在他生前并没有制作出花钟，只是提出了这个理论罢了。

实际上，真正完成制作出花钟的是在欧洲植物研究院工作的几位科学家，但遗憾的是他们没有一个人能够制作出完整的花钟。那是因为在林奈花钟时间表里的植物并不在同一个季节开放，或者并不在同一地区，甚至有的花在雨天根本不会开花。

但托林奈的福，人们对能通过花朵来判断大概时间产生了非常浓厚的兴趣。

有趣的小知识!

钟表制造业的紧张

当林奈提出花钟的理论时，瑞典的钟表制造业产生了“因为林奈，我们要完蛋了”的紧张气氛。但当他们知道花钟无法成为准确的钟表时，才安心地舒了一口气，并想：“那当然！我们活过来了！”

第43章

植物还能抓昆虫?

在植物界，有几种稀奇的植物以昆虫为食，其中具有代表性的就是捕蝇草。让我们一起来了解一下它是怎样捕捉昆虫的?

捕蝇草是一种非常有趣的食虫植物，在叶片顶端长有一个酷似“贝壳”的捕虫夹，边缘长有像刺一样的长毛。当有小虫闯入时，叶片能以极快的速度合拢并将其抓住。

捕蝇草在开始捕捉昆虫之前，闪烁着光滑色泽的叶片会散发出诱人的香气。当昆虫被引诱过来触动表面的感觉毛时，它就会突然关闭张着的大口。这时候叶片边缘的长毛就起到了铁窗的作用，使昆虫根本无法逃脱。据说叶片关闭仅仅需要0.3秒。

当捕捉到昆虫之后，捕蝇草的叶片会分泌出消化液。这种消化液具有很强的酸性，可以轻松地溶解昆虫坚硬的外壳。被捕蝇草关起来的昆虫在10天左右内会完全被消化，而

以昆虫为食的捕蝇草

且不留任何痕迹。

但是捕蝇草为什么要捕捉苍蝇等昆虫为食呢？

捕蝇草生长在水分充足的湿地或沼泽地。因为雨水的冲刷会经常导致生长所必需的氮、磷以及无机物等营养物质的供应不良，所以捕蝇草为了给自己提供充足的养料来弥补泥土中无法获得的元素，就开始抓昆虫吃了。

捕捉昆虫的植物除了捕蝇草外，还有圆叶茅膏菜、狸藻等。

有趣的小知识！

圆叶茅膏菜和狸藻是怎样捕捉昆虫的呢？

圆叶茅膏菜会诱使小昆虫粘在它黏稠的叶片上。叶片一旦接触到昆虫就会自动凹陷，并且分泌消化液溶解昆虫。狸藻长有像布袋似的叶片，可以引诱小昆虫掉进去。

第44章

什么，树能开口讲话？

美国西雅图市华盛顿大学的科学家们。

科学家们决定使用毛毛虫做实验。

它是一种啃食树叶的害虫。

在一棵柳树上放满了毛毛虫，而旁边的一棵没有放。

放满害虫的树通过自身防卫的手段，分泌出天然杀虫剂——原花青素。

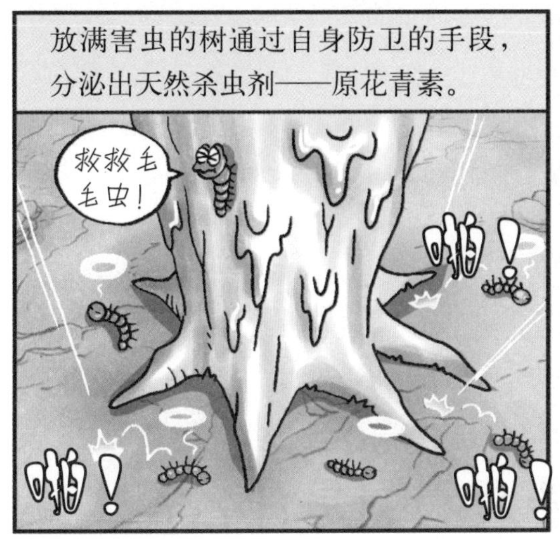

令人惊奇的是，旁边的树也因为自我防卫而分泌出了原花青素。

外激素是植物或动物向体外分泌的一种化学物质。

科学家们利用外激素实验证实，树木之间互相传递的危险信号是，叶片分泌的被称为“外激

素乙烯烃”的成分。

第45章

世界上最大的树是什么？

世界上最大的树是位于美国加利福尼亚州红杉树国家公园的“谢尔曼将军”。

因为它是世界上最高大的树，所以名字中带有“将军”这样的美称。这棵红杉树足有4000岁的树龄。

这种红杉树一般都可以长到100米高，最高的一棵树有142米，周长超过35米，需要20余人手牵手才可以把它合抱过来。树干很匀称，顶端和下端粗细几乎相同。底端分开的部分大到可以通过一辆汽车。

据说如果把这棵树锯倒的话，断面可以当做舞台进行演出。如果用这棵树盖房子的话，可以盖出80余幢5间屋子的木质房屋。

红杉树只生长在美国的加利福尼亚州。所以为了保护这些树，美国政府在红杉树生长的

地方建立了红杉树国家公园，并进行着彻底的保护和管理。

在红杉树国家公园除了谢尔曼将军以外，还密集地长着 200 余棵数千岁、数十米高的红杉树。

红杉树在新生代第三纪后期就已经繁殖得非常茂盛了，它是一种存活了比人类历史开始时期都要久远的植物。虽然世界各地都可以发现红杉树化石，但现存的红杉树只能在美国西部加利福尼亚州才能见到。

红杉树强壮的树根错综复杂地缠绕在地下，几乎可以挺过任何强度的暴风骤雨，足见其顽强的生命力。

作为参考，这棵树的重量约有 2200 吨，如果用它制作火柴，据说可以做出 50 亿根以上。

那么这棵树的种子也是世界上最大的吗？

不是这样的，这棵巨树的种子还不到 5 毫克。

有趣的小知识！

还有比红杉树更高的树？

比红杉树更高的树是生长在澳大利亚的桉树。这种树足足有 156 米高，几乎是 50 层楼房的高度，但是它的树干非常细，因此人们普遍认定美国的红杉树是世界上最高大的树。

第46章

依靠吸取他人养分生存的厚脸皮植物？

大部分植物自身可以为自己提供生长所需的营养物质。但是有些植物，自身并不产生营养物质，而是像吸血鬼一样不知羞耻地专门吸食其他植物的养分。这种植物被称为“寄生植物”。

被人们广泛认识的寄生植物是“菟丝子”。当菟丝子还是以种子的形态落在地上时，它还会正常生长，不过随着逐渐长大，就会显露出依靠其他植物的本色。

寄生植物——槲寄生

当菟丝子长到一定程度之后，会把自己的枝干一圈圈地攀附在周围的其他植物身上。然后再把线一样的树根紧紧缠绕于被攀附植物的树干中，贪婪地吮吸着它们的养分。也就是说，这种树不会扎根于地底，而是把根扎在其他植物身上，并保持这种状态在空中生活。

除了菟丝子外，还有槲寄生和寄生无花果树，也属于依靠吸食他人的养分而生长的植物。

槲寄生还算温和一些。虽然它会黏附在橡树或栗树身上，不过槲寄生自身拥有叶绿素，可以为自己合成并提供养分。它只吸食宿主身上的水分，并不会给宿主带来其他伤害。

而寄生无花果树是一种非常可怕的植物。

生长在东南亚丛林里的这种寄生无花果树，会直接在其他树的枝上发芽。如果小鸟吃果实时把它的种子落到其他树上，那么这粒种子就会直接在那里发芽。

一旦开始发芽，寄生无花果树的树根便缠绕在寄主的树干上，并疯狂地向下延伸。这样，寄主就完全被寄生无花果树的根束缚住了。

当寄生无花果树的根触碰到地面时，逐渐长大的它看起来非常可怕，会霸占宿主所需要的一切资源。

由于生长空间被剥夺，被缠绕住的树无法得到足够的水、空气和阳光，最终只能死掉，而只留下寄生无花果树自己生长在那儿了。

会不会觉得寄生无花果树很坏呢？

有趣的小知识！

从别的树根盗取养分的植物

一种叫做“肉苁蓉”的植物生长在金钱草或三叶草等植物的根上。肉苁蓉会把自己的根伸向地下，和其他植物的根粘在一起，然后就开始偷食它们的养分和水了。

第47章 树木为什么会形成年轮呢？

如果把一棵大树切断，在它的断面会看到很多圆圈，这些圆圈就是人们所说的“年轮”。

树木在生长时，每年都会形成一个新的年轮。随着年轮的形成，树就会一年年变粗。所以如果我们想知道树的年龄，只要数一下这棵树的年轮就可以了。如果我们看到有30个年轮的树木，就可以知道这棵树30岁了。

年轮也是区分树和草的重要标准之一。

树的年轮

因为树木上会有年轮产生，而草是不会产生年轮的。

但是树木为什么会产生年轮呢？

主要是因为天气和气温的变化。在每个季节，不同的气候下就会有年轮产生了。

在春天和夏天比较温暖的气候中，树

木的生长会非常旺盛，每个细胞都会舒展开来。但在秋天和冬天这种干燥寒冷的气候下，树木就不能好好生长，细胞也会变得褶皱起来。

我已经100岁了。哎哟，我的老腰呀！

这种变化就会展现在树的年轮上。在春天和夏天生长的部分，颜色浅且分布带较宽，而在秋天和冬天生长的部分，颜色深且分布带较窄。这两个部分加在一起就是一道年轮。

那有没有没有年轮的树木呢？

据说生长在一年四季气候都差不多的热带地区的树木，其中有一部分是没有年轮的。由于在热带地区也会存在旱季和雨季的变化，所以大部分的树还是会产生年轮的，但是和生长在四季分明的北方地区的树木比较起来，年轮没有那么明显。

在热带地区生长的树木，大部分会产生很难辨别的年轮，但有些热带树木则没有年轮。

有趣的小知识！

什么是假年轮？

当树木受到强台风或干旱等自然灾害的影响时，它的叶片就会脱落而不能再正常生长，所以就会冷不丁地形成秋天和冬天才有的年轮。灾害过后，当树木长出新叶时又会出现春天和夏天的年轮了。由于受到这种异常情况的影响，在一年中形成两个以上的年轮，我们称之为“假年轮”。

第48章

散发着恶臭的最大的花？

世界上最大的花是生长在东南亚婆罗洲和苏门答腊岛上的莱佛士亚花。这种花由5片巨大的叶子组成，直径有1米，周长3米，叶子的厚度达到2厘米，而它的重量也有10～11千克。

但是这种花既没有花茎也没有花根，只有巨大的花朵躺在地上，所以它只能寄生于藤类植物的枝干下，借助于其他植物的养分生长。

莱佛士亚花的另一个特征就是能散发出令人作呕的恶臭。花朵刚绽放的时候还会有一点芳香，几天之后就会散发出令人震撼的腐败气味了。

由于这种特殊的气味，巨大的莱佛士亚花不会吸引蜜蜂和蝴蝶。可是对苍蝇来说，这种味道的诱惑力是无法抵挡的。从花朵中散发出的腐肉味会使苍

莱佛士亚花

蝇蜂拥而至，而那些追随香气的蜜蜂和蝴蝶，当然没有理由接近莱佛士亚花。

不过涌来的苍蝇也会马上对其失望，本以为散发出腐肉气味的地方一定会有什么食物，可飞来一看连一丁点吃的都没有，只能败兴而归。

虽然苍蝇每次都是空欢喜一场，不过却给莱佛士亚花带来了巨大的帮助。因为这种花朵想要产生种子，花粉必须要由雄蕊转移到雌蕊完成“授粉”过程。但是莱佛士亚花既不能自己移动，周围又没有风，所以只好通过昆虫的帮助来完成了。

而苍蝇被这种气味吸引，从这朵花飞到那朵花的过程，正好帮助莱佛士亚花完成了这个重要意义的过程。所以莱佛士亚花与其他花朵有很大不同，除了大小、气味以外，负责传粉的昆虫也是不同的。

有趣的小知识！

世界上最大的植物叶

在热带地区的丛林里生长着的“王莲花”拥有巨大的叶子，从远处看，它就像漂浮在水面上的一只小船。这种花的叶子表面平整光滑，而边缘则是弯曲的。而且因为强大的浮力，甚至有的小孩可以坐在上面把它当做船来划。

第49章

还有可以生孩子的植物?

生长于水位较浅的热带海岸地区的红树是一种可以生孩子的植物。

奇怪的是，这种树可以在像海水一样含有盐分的水中自由生长。

是不是很神奇啊?

红树林

如果到红树聚集的海岸线看看的话，就可以发现红树的根像章鱼爪子一样漂浮在水面上。红树之所以把根暴露在水面上，是因为它们是通过根部来呼吸的。和其他通过叶子进行呼吸的树相比，红树是不是显得很特别呢?

我们再来看看红树

是怎样生孩子的吧！

红树不会像其他树一样把种子撒落在地面上。树妈妈会让小树种子在叶子的边缘开始发芽。发芽之后，等到小树的根生长到10厘米左右，有的时候也会生长到50～60厘米，树妈妈才会把它的孩子推向海水，让小树们独自生长。当小树在海面上漂浮一段时间之后，它们就会把根徐徐地伸向海底了。这样，慢慢地就会有一棵新的红树诞生了。

由于红树妈妈把小树撒落在海面上，所以海岸线上会形成成群结队的红树林。而且红树会把海水带来的沉积物聚集在一起，以至于长有红树的海岸线每年都会变宽。

同时，红树林还可以抵御海风和潮汐，对固滩护岸有非常重要的作用。

有趣的小知识！

红树为什么会生孩子呢？

红树让种子在自己的叶子上发芽，再把它抖落到海面，这都是为了使小树的生长免遭意外。如果直接把种子落在地面上，就很有可能产生因受到暴风雨的袭击或动物的踩踏而不能发芽的情况。

像红树这样能生孩子的植物被称做“胎生植物”。

红树的平均高度在4米左右，叶子有8～15厘米长，表面光滑呈圆形，且叶片顶端是尖的。

第50章

寒冷的冬天树木为什么要把衣服脱掉呢？

随着深秋的到来，阵阵凉风吹过，树木们就要准备过冬了。其中的一项准备就是“脱衣服”，即把它们的树叶抖落下来。

树叶会吸收太阳的能量，再把二氧化碳和水等混合之后，转化为养分供给自己。但是在阳光不是很充足、气温也偏低的秋天，树木的营养供给比以前困难了许多。

需要强调的是，这时的叶子不仅不能制造出养分，反而会消耗更多的水分。所以度过了夏天之后，对于树来说，树叶就没有再生存下去的必要了。

此时，树叶和树枝之间会长出一层薄膜，切断树叶和枝干之间的联系，使叶子不能从树身上得到任何营养和水分，渐渐地，树叶就会自行脱落。

觉得树对树叶太过分了，是吗？但是对于树来说，这也是很无奈的选择。到了冬天，由于寒冷的天气和柔弱的阳光，树木自身不能制造出足够的养分，而且树根的力量也会变弱，不能从地下吸取充足的水分。

为了减少养分的流失，树木迫于无奈，只能把树叶抖落掉。如果它继续把树叶留在身上，恐怕熬不过冬天就会枯萎死去。

有趣的小知识！

松树为什么一年四季都是绿色的？

树叶掉落的主要原因就是为了防止水分的蒸发。宽大的树叶会加速水分的蒸发，但是对于松树这样的常青树来说，就不同了。它的叶子就像针一样细，所以即使叶子留在树枝上也能度过寒冷的冬天。

但事实上，松树一年四季都会有少量的树叶掉落，只是平时我们没有注意罢了。

第51章

在没有水分的沙漠上，仙人掌是怎样生活的呢？

沙漠对于植物来说，可不是个好地方。干燥的沙地、强烈的阳光、雨水稀少的气候，这些恶劣的环境让沙漠成了不毛之地。就算偶尔下了一场雨，沙地也会马上被晒干。

仙人掌

但是就算在气候如此恶劣的沙地上，仙人掌也能坚强地生长。

仙人掌到底拥有什么样的魔力，可以在这种不毛之地得以生存呢？

是的，不用怀疑，这种植物拥有可以在沙漠上生存下去的许多能力。首先，它的身材很胖。有的仙人掌甚至长成像球一样的圆形，这种形状可以让它在体内储藏更多水分。每当沙漠上下雨的时候，它会吸取雨水储藏于体内，就像往坛子里装水一样把水分藏在体内的孔隙中。

其次，仙人掌拥有像盔甲一样厚厚的外壳。外壳表面有用来呼吸的“气孔”，在阳光强烈的白天，

它会紧紧地关上气孔，到晚上再打开进行呼吸。据说，这个过程对地下水脉的上升也有好处。而且为了减少体内水分的流失，仙人掌的气孔数量也比别的植物少很多。

不仅如此，仙人掌浑身长满了刺。生活在沙漠上的动物，在口渴的时候就会啃食植物。为了避免成为沙漠中食草动物的食物，仙人掌身体表面长有许多棘刺，因此不会有什么动物敢无端招惹它。

仙人掌的刺是由叶子演变而来的。宽大的叶子会蒸发掉很多水分，所以它的叶子逐渐变小，直到变成针一样的刺。

虽然是又细又小的刺，但因为它数量庞大，在阳光强烈的白天，甚至它们的影子也可以帮助仙人掌抵挡水分的蒸发。

有趣的小知识！

北美洲巨型仙人掌的个子有15米高？

北美洲巨型仙人掌只生长在美国南部海岸和墨西哥北部地区，属于仙人掌中个头最大的一种。

这种仙人掌长大之后足有 15 米高，可以存活 150 ～ 200 年。成年仙人掌重量高达 10 吨，其中水分占了很大一部分。如此看来，每一棵这样的巨型仙人掌，体内都储藏着一个绿洲。

北美洲巨型仙人掌要在 50 ～ 75 年之后才会第一次开花。

第52章

虎尾兰真的可以净化空气？

虎尾兰属于百合科多年生植物，其特点是叶子又窄又长。英国人说它长得像“婆婆的舌头”，而美国人则称它为“蛇皮”。

虎尾兰

虎尾兰主要生长在热带的非洲和印度、马来西亚等地区，对净化室内空气有着很好的功效。特别是对新房家具和油漆中散发出的甲醛、苯、一氧化碳等致癌物质，虎尾兰具有良好的吸收效果。不仅如此，虎尾兰还能够释放出比其他植物高出30倍的阴离子，从而可以持续地净化室内空气。

虎尾兰还可以在没有阳光的夜晚吸收二氧化碳，释放出氧气使空气变得新鲜。如果把它放在卧室或书房，还可以中和家用电器释放出的阳离子。

它的生命力非常顽强，不经常浇水也不会枯萎。所以对于懒人来说，它也比较好养活。只要环境不是太凉，水浇得不要太多，它就可以健康地成长。

可以净化室内空气的植物除了虎尾兰，还有垂叶榕、观音竹、龙血树（幸运木）、袖珍椰子等植物。垂叶榕可以吸收没有完全燃烧的二氧化硫和二氧化氮等气体，所以比较适合放置于厨房。而观音竹对氨的吸收具有良好的效果，因此比较适合放在卫生间。

幸运木可以吸收办公用品和家居装饰物中所释放出的有害物质，净化室内空气。因为它喜庆的名字也常常被用做礼物馈赠给新成立的公司、商铺等。

袖珍椰子可以很好地吸收涂料、黏合剂等装修材料里释放的有毒气体，因此把它放在新装修的房屋里会具有良好的效果。

美国航空航天局也研究植物的空气净化能力？

美国航空航天局为了净化宇宙飞船中的空气，也对植物的空气净化能力进行了研究。首先他们在一间密闭的空间里充满了对人体有害的有毒物质，再把 50 种可以净化空气的植物放置其中。24 小时后，有 80% 的甲醛、苯和一氧化碳被净化掉了。

净化空气的植物不仅可以释放出对人气有益的阴离子，还可以调节室内湿度和温度。夏天它们可以降低 2℃ ~ 3℃ 的室温，相反，冬天可以让温度提高 2℃ ~ 3℃。

第53章

波巴布树是巨大的贮水塔？

波巴布树只生长在澳大利亚和非洲中部的少数地区，它的最高寿命可达5000年。波巴布树的树干高20米左右，最粗的部分直径可达15米以上，往往要40个成年人手拉手才能合抱。

波巴布树的长相十分奇特。树干长得像大水缸一样粗壮，往上慢慢变细。树冠巨大，树杈千奇百怪，加上叶子也不多，所以树冠看起来倒像是树根。对此还有一个古老的传说：当波巴布树在非洲安家落户时，它不听上帝的安排，自己选择了热带草原，因而激怒了上帝，便把它连根拔起。从此波巴布树就倒立在地上，变成了一种奇特的“倒栽树”。

那波巴布树为什么长得如此奇特呢？

波巴布树生长在干旱少雨的地方，所以每当下雨的时候，它就会利用自己粗大的身躯，如同海绵一样大量吸

波巴布树

收并贮存水分。据说在雨季它最多可以贮存95000升水，简直可以称为荒原的“贮水塔”了。因此人们在口渴的时候，可以从它的树干上取水解渴。

波巴布树粗短的树枝也有利于贮水。因为粗短的树枝和少量的叶片都会减少水分的蒸发。

波巴布树非常受非洲原住居民的爱戴。因为鲜嫩的树叶是当地人十分喜欢的蔬菜，果肉可以食用或制成饮料，而树皮还可以加工成粗布。

《小王子》里出现的波巴布树

有趣的小知识!

波巴布树会是坟墓?

当波巴布树枯萎死亡之后，非洲当地居民会把树干掏空，搬进去居住，形成一种非常别致的“大自然村舍”。有时当地居民也会把死人埋到那里，这时候波巴布树就成了坟墓。而且人们也经常在树前举行祭祀活动。不管怎么说，当地居民对这种树的确是情有独钟。

第54章

含羞草是一种植物，而它为什么会活动呢？

令人们感到神奇的是，有些植物还可以活动身体。其中广为人知的就是原产于巴西的含羞草。

含羞草属于豆科，高约30厘米。如果用手稍微触碰它的枝或叶片，它就会迅速闭合下垂，仿佛害羞似的。

当蚂蚱等小昆虫想吃鲜嫩的叶片冲向含羞草时，突然下垂的叶片，可以吓得它们夹着尾巴跑掉。

那么含羞草到底为什么会活动呢？

含羞草的叶子

那是因为它的体内含有搬运水分的导管，而含羞草的导管里流通着很弱的电流。就像动物的神经系统一样，当遇到外界刺激时，含羞草会通过导管发送电流刺激，使叶子活动。

而且含羞草叶柄处含有薄壁细胞。这种细胞整齐地排列于导管中间，当导管中有电流刺激时，下边的细胞会把水排到细胞外，而上边的细胞则会吸收这些水分。

这样下边的细胞就会变轻，上边的细胞变重，叶片就会迅速闭合下垂了。

含羞草活动它们的身体是出于对动物的防范。当有昆虫接近自己时，它就会让自己的叶片下垂，好像枯萎的草一样。这样昆虫就会认为它不是新鲜的嫩草，转而寻找其他嫩草了。

在夜晚没有外部刺激时，它的叶片也会下垂，好像熟睡的睡美人一样。据说含羞草也可以像动物似的被麻醉，在它的叶子上涂上麻醉剂之后，再怎么触碰它都不会有什么反应。是不是很可爱啊？

有趣的小知识！

还有可以跳舞的植物？

在 2002 年举行的花博会上，有一种名为“舞草”的植物被展出。它可以随着音乐的旋律而舞动腰肢。原产于东南亚的舞草在温室条件下，可以长到 2 米高。当有音乐声响起时，它就会神奇地摆动着叶片跳起舞来，而且听说对女人和小孩的声音特别敏感。最近在我国的市场上也出现了盆栽的舞草。

第55章

竹子到底什么时候会开花呀？

在我国生长着很多竹子，但是真正见过竹子开花的人却很少。

所有的植物几乎每年都会开花，而竹子到底什么时候才会开花呢？

据说竹子要经过60～120年才会开一次花。要是这样的话，我们当然就很难见到了。

可是竹子不开花是怎样繁殖的呢？

竹子的繁殖并不是通过花的授粉，而是由埋在地下的竹鞭来完成。

竹鞭在生长的同时会形成很多小节，而这些小节上会有新的竹笋产生。竹笋又会长出根，继而长成新的竹子。竹子就是以这种方式繁衍生息的。

竹林

那么为什么竹子要过几十年才会开花呢？以地下的竹鞭来繁殖是不需要开花的呀。

如果竹鞭在地下不断繁殖，就会因为小竹子太多，产生一系列问题。小竹子们争先恐后地抢夺营养就不能让竹妈妈很好地生长。这样经过几十年之后，竹妈妈就会坚持不住了。

而这个时候，就会成为竹花开放的时候。

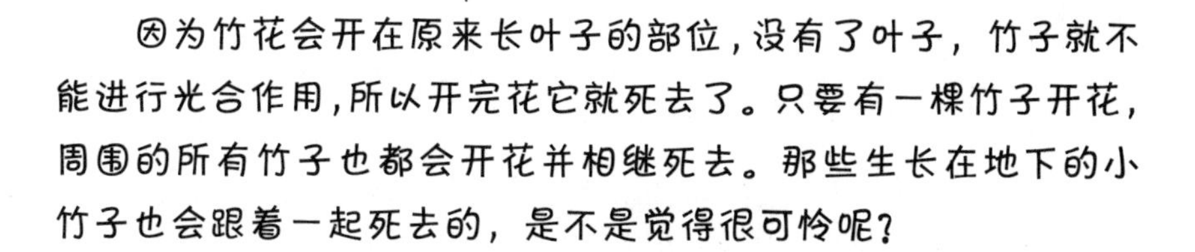
竹花

因为竹花会开在原来长叶子的部位，没有了叶子，竹子就不能进行光合作用，所以开完花它就死去了。只要有一棵竹子开花，周围的所有竹子也都会开花并相继死去。那些生长在地下的小竹子也会跟着一起死去的，是不是觉得很可怜呢？

但是竹子的生命并不会就此结束。在大竹子全部死后的两年时间里，还会有小竹子继续长大，但它们仍然可能会开花死亡。不过到第3年的时候，那些没有开花的小竹子就可以继续长大了。它们也通过竹鞭的方式繁殖并健康地生长下去，最后又会形成茂密的竹林。

竹子要几十年才开花而且同时死去，是不是很神奇呀？幸运的是我们知道它们在3年以后还会复活，还会继续长大。

竹子在地震当中也会毫不动摇

在竹子生长时，竹鞭会交错盘结于地下。所以就会有形成群落“竹林”的特点。由于这种特点，不管是多么强烈的地震，竹林都会毫不动摇。所以在经常发生地震的国家里，竹林就成为非常好的避难所。

竹笋每天可以长高50～60厘米

从竹鞭上发出的芽称为竹笋。自从笋尖顶开了土层之后，就会以惊人的速度增长，它一天可以长高 50 ～ 60 厘米。这样经过 2 个月之后，竹笋就可以成为大竹子了。

竹笋还是制作中国料理和日本料理不可或缺的材料。

第56章

冬虫夏草是在昆虫的身体里长大的？

蘑菇体内因为没有叶绿素，不能自己提供养分，所以它们会从死树枝、树茬或腐叶土中吸取营养。

松口蘑生长在松树上，香菇生长在栗树上。此外还有秀珍菇，它会从叶片宽大的阔叶树上吸取营养生长。

另外一种很奇怪的蘑菇，那就是“冬虫夏草”。它会吸附在昆虫体内，靠吸食昆虫的养分生长，而且居然是在活的昆虫体内生长。

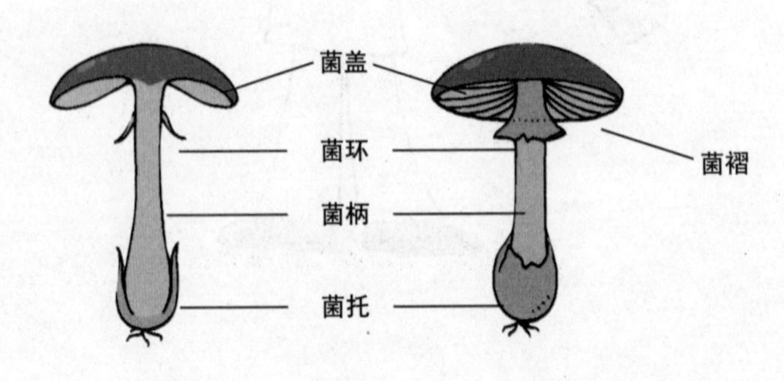

蘑菇的结构

冬虫夏草会把线一样细的菌丝悄悄地插入昆虫体内，菌丝细到可以从任何地方钻进去的程度。

钻到昆虫体内的它就会开始吸食营养了，而且虫子冬眠的时候冬虫夏草也会一直生存在它们的体内。等到夏天来临时，冬虫夏草的菌丝就会从昆虫体内钻出来，并开始向周围播种。而这时候昆虫已经被完全吸干，早已死去，只剩下了一张外壳。冬虫夏草真的是一种非常可怕的蘑菇啊！

古人认为，它在冬天以虫子的形式存在，夏天却成为草而从地上长出来。所以就以“冬天的虫子，夏天的草”为由，美其名曰“冬虫夏草”。

可以作为冬虫夏草的寄主（寄生生物所利用的对象）的昆虫有蝉、蜂类、甲虫和蚱蜢等。

有趣的小知识！

冬虫夏草是名药？

据说以前人们刚看到冬虫夏草时都被它的外貌所吓到。大家认为昆虫变成了蘑菇非常神奇，所以把冬虫夏草作为吃了可以长生不老的名贵中药。

传说秦始皇和杨贵妃非常喜欢食用冬虫夏草。秦始皇是为了自己长寿，而杨贵妃是为了让自己更漂亮。

第57章

为什么秋天会形成红色的枫叶呢？

夏天的树叶是深绿色的，但是到了秋天，树叶就会被染成黄色或红色，这真是很神奇的现象。

那么为什么会形成红色的枫叶呢？

树叶本来是青绿色的，那是因为在叶片中含有呈绿色的叶绿素。树木的生长离不开叶绿素，因为叶绿素会吸收阳光合成淀粉等营养物质，进行“光合作用”。

夏天叶绿素会吸收很多的阳光，合成活动也很旺盛，所以叶子就会呈绿色。其实在叶子内部也含有呈黄色的胡萝卜素，只是因为在夏天叶绿素的含量太多，因而根本看不出黄色。

但到了秋天，阳光已经没有夏天那么强烈了，巧妇难为无米之炊，没有充足的阳光，叶绿素自然也无法发挥出自己的最大能力。这时

被染红的枫叶

候呈黄色的胡萝卜素的作用就会大于叶绿素，因而叶子就会呈现出黄色了。

那红色的叶子是怎么回事呢？

虽然到了秋天之后叶绿素不再工作，但叶子体内还是留有养分的。这些没有用完的养分会互相掺杂结合，形成一种叫做“花青素”的红色色素。

红色的枫叶就是经过这个过程呈现出来的。

有趣的小知识！

什么是光合作用？

绿色植物会通过根部吸取水分，通过叶绿素吸收二氧化碳，再利用阳光的能量把水和二氧化碳转换成有机物等营养物质并释放出氧气，这个过程就叫“光合作用”。植物和动物不同，植物依靠这种方式来制造出自己需要的营养物质。

第58章

还有养殖蚂蚁的大树？

在南美洲热带地区生长着一种名为“牛角刺槐”的稀奇树木，其最大的特点就是可以养殖蚂蚁。不会活动的大树居然可以抚养昆虫，这听起来是不是很好玩啊？

这种树木的叶片两端长有长约5厘米、看起来像牛角一样的刺。所以人们就给它起了一个意为“长着牛角的刺槐”的名字——牛角刺槐。

因为长有这样的刺，动物想吃它的树叶是很困难的。如果它们妄想去吃树叶，说不定会被扎得头破血流。

那牛角刺槐就可以无忧无虑地生长吗？

不是这样的。虽然食草动物拿它没有什么办法，但小昆虫却可以轻松地避开大刺啃食树叶。牛角刺槐被小昆虫和虫卵折磨得痛苦不堪。

“怎么教训这帮昆虫才好呢？”

经过苦苦地思考，它终于想到了一个好办法。它决定通过养殖蚂蚁来教训这些昆虫。

首先，牛角刺槐在它的长刺下挖了小洞，以提供给蚂蚁温暖的小窝。它还在叶子底端产生甘露作为蚂蚁的粮食。甚至在小叶子的边缘，还有蚂蚁幼虫喜欢吃的脂肪团。在这么好的条件下，蚂蚁们就兴奋地跑到牛角刺槐上生活了。

那么蚂蚁又是怎样帮助牛角刺槐的呢？

蚂蚁具有殷勤守卫家园的本能，它们绝对不会对前来侵犯家园的昆虫袖手旁观。

所以蚂蚁们就会一刻不停地在树干和叶片周围巡逻，击退来袭的昆虫。也就是说，蚂蚁和牛角刺槐是互利共生的关系，它们互相帮助，共同成长。

第59章

花还可以像魔术师一样变出蝴蝶卵？

时钟花是原产于巴西的一种植物，它的形状很像时钟上的数字盘，所以被称为“时钟花”。因为它又属于藤类植物，所以也被称为“时钟藤花”。

在巴西生长着很多时钟花。充足的阳光、营养和水分等，为时钟花提供了非常良好的生长环境。

但时钟花也有苦恼，那就是袖蝶，这种蝴蝶会让时钟花非常难过。

时钟花

袖蝶专门把幼卵产在时钟花的叶子上，而孵化出的幼虫会把叶子全部吃掉。也就是说，袖蝶是威胁时钟花生命的危险分子。

经过一段痛苦的煎熬，时钟花最终决定要把这个问题解决掉。再这样下去，连最后一片叶子也会被

吃光的。

袖蝶有两个特点，其一就是它十分爱惜自己的孩子，其二是它的胃口特别好。袖蝶为了让刚孵化出的幼虫可以在没有竞争的环境下尽情享受食物，是绝对不会在有其他卵的花上产卵的。

时钟花能解决这个头痛的问题，正是利用了袖蝶对宝宝无尽的爱。没错，它在自己的叶子上做出假的蝴蝶卵。

时钟花可以像魔术师一样做出和真的蝴蝶卵一样的假卵，但只是在其中的几片叶子上。如果在所有的叶子上都有假卵的话，袖蝶就会起疑心了。

当袖蝶飞过来想产卵时，看到时钟花精心制作的假卵之后，只好失望地飞走了。

有趣的小知识！

时钟花的开放像真的表一样？

时钟花会在上午 10 点钟左右开花。而且随着含苞初放，它的花瓣也像转动着的指针一样一朵朵绽放，数个细细的花瓣看起来就像指针一样。据说花朵完全开放之后很像真的时钟，相信任何人见到这种美丽的时钟花都会为之倾倒的。

昆虫

第60章

蚂蚁会盖大楼？

我们知道蚂蚁和蜜蜂等昆虫都有筑巢的习惯。我们可能见过蚂蚁在地下建造的像迷宫一样的洞穴，并且肯定也见过蜜蜂盖的正六边形蜂房吧。

但是，还有一种蚂蚁会盖起像楼房一样又大又高的蚁冢，这就是生长在非洲的白蚁。它们可以盖起比人高出许多的摩天大厦，可供100多万只白蚁栖息。

这是我的楼房。
很帅吧？

大楼的内部四通八达，充满了房间和洞穴。甚至还有农场，以便蚂蚁生产粮食用。一个蚂蚁世界就这样在一栋大楼里展开了。

在农场里，白蚁们会生产霉菌。霉菌只生长在没有光照和阴暗潮湿的地方，这些霉菌就是白蚁的食物。

白蚁在大楼里会像人类一样建立起

蚁后

自己的社会，以及跟人类类似的等级和分工。那里不仅有蚁后，还有看家护卫的兵蚁和包揽所有劳动的工蚁。

工蚁有很多事情需要去做。它们要建造房屋，扩大巢穴，养殖农场里的霉菌，采集食物，饲喂蚁后、幼蚁和工蚁。同时，照顾蚁后的卵也是工蚁的重要职责之一。

与此相反，兵蚁则完全不参加劳动，而是保家卫国的战士。如果有其他昆虫侵入蚁巢，兵蚁就会不惜付出生命代价与之进行激烈战斗，直到击退敌人。

分工明确的白蚁们各司其职，努力做好分内的事情，共同把属于自己的巨大王国带向明天。

有趣的小知识！

蚁后是个大胖子？

在白蚁的世界里，蚁后所要做的只是产卵，她一天可以产 4 万枚卵。由于产卵太多，蚁后为了补充营养，要摄取大量营养丰富的食物，于是它便不停地吃，结果导致身材又大又胖。有的蚁后胖得看起来像小香肠一样。

第61章

只有雌蚊子才吸血?

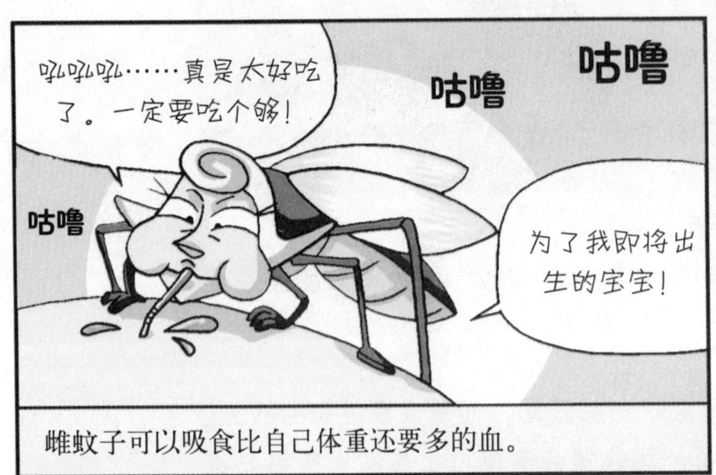

雌蚊子可以吸食比自己体重还要多的血。

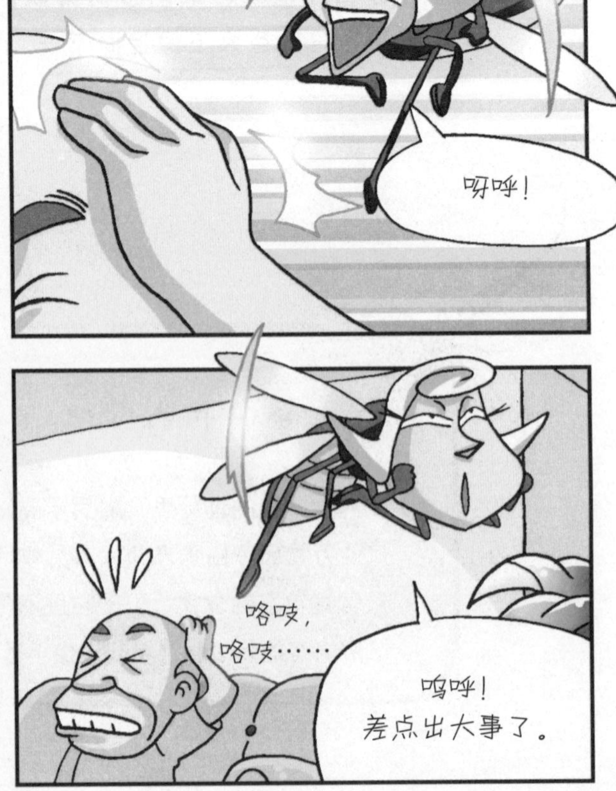

有趣的小知识!

蚊子害怕维生素B1的气味?

几个人在野外聚会，奇怪的是蚊子就叮咬你一个人。这可能和你的气味有很大关系。不妨吃点含有蚊子所讨厌的气味的东西。

据中央电视台“为您服务”栏目上说，蚊子很讨厌维生素 B1 的气味。虽然这种气味人感觉不出来，但是蚊子却对它特别敏感。如果准备去野外游玩，可以提前 3 ~ 4 天服用，效果会更好。

另外，用维生素 B1 泡水擦身也会令蚊子不敢接近你。这种水溶性的维生素是不会有副作用的，多余的分量会完全排出体外，不会驻留在体内。

第62章

萤火虫是怎样发光的呢？

大家见过萤火虫吗？萤火虫是生长在干净的河边或草丛中的一种昆虫。从前我们可以经常看到它们的身影，但随着环境的污染，现在已经很难再见到它们了。

人们非常喜欢萤火虫，因为它的尾巴可以发出美丽的荧光。在夜晚，萤火虫带着闪亮的绿光飞来飞去的样子真是太美丽了。

萤火虫是怎样发光的呢？

原来萤火虫的尾部长有一个发光器。在发光器里有一种名叫“荧光素”的化学物质，当它遇到空气中的氧气时就会闪闪发光。

它一直发光难道不会变热吗？

当然了！不管发光器怎么发光，萤火虫的尾巴也不会变热的。据说我们使用的电池只有10%转化为光，而剩下的部分全部转化成了热量，所以电池用久了就会变得很热。

萤火虫

但是萤火虫具有把 100% 的能量转化成光的特殊能力，所以不管怎么发光，它的尾巴也是不会变热的。

萤火虫发光是为了寻找异性伙伴。当雌萤火虫看到雄萤火虫闪烁着光芒时，就会跟着闪烁荧光。这样互换了爱情的信号后，它们就开始交配繁殖后代了。

听说萤火虫产卵 11 ~ 13 天以后就会死去。

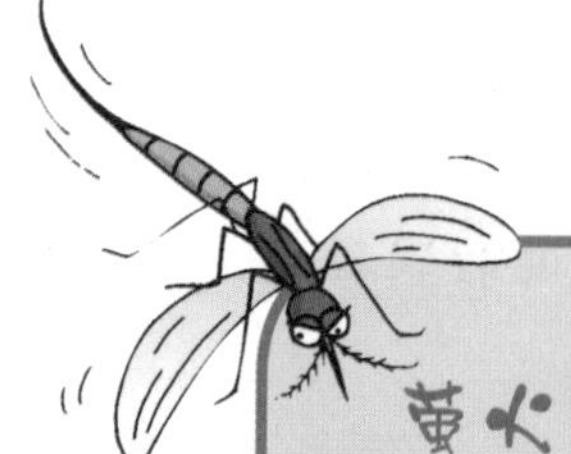

有趣的小知识！

萤火虫消失的原因

萤火虫的幼虫生长在水中，并以螺类为食物，而螺类只生活在干净的环境条件下。随着环境的污染越来越严重，可供螺类生长的地方就越来越少，因此适合萤火虫产卵的地点也慢慢减少，我们当然不容易见到萤火虫了。

第63章

没有鼻子的昆虫是怎样闻到味道的呢？

蝴蝶、蜜蜂、蚂蚱等昆虫闻到花儿或树木的香味后，才会飞去觅食。举个例子来说，每当凤蝶产卵时，它会到处寻找所需的山花椒树，以便在它的叶子上产卵。尽管山花椒树看起来和其他树没什么两样，但是凤蝶可以根据山花椒树独特的味道准确地认出它。

还有我们非常熟悉的苍蝇，也是通过灵敏的嗅觉寻觅食物的。

但是如果我们抓一些蜻蜓、苍蝇、蚂蚱和蝴蝶等昆虫进行观察的话，怎么也找不到它们的鼻子在什么位置。连鼻子都没有的它们是如何闻到气味的呢？它们是怎样通过气味找到喜欢的花或树木呢？

秘密就在昆虫的触角上。昆虫虽然没有鼻子，却可以通过触角区分植物所散发出的味道。

有一次，科学家们剪掉了蜜蜂的触角，之后便发现蜜蜂不能区分水和蜜。科学家们又把苍蝇的触角用胶水粘了起来，发现苍蝇同样找不到散发着臭味的食物的位置。因此，我们就可以认为，对昆虫来说，触角和鼻子的作用是相同的。

触角啊！帮我闻闻美味。

通过显微镜观察发现，昆虫的触角有凹进去的一小部分。而它们正是利用这个部位闻出味道的。

昆虫的耳朵在哪里呢？

想听到声音就要有可以感受到空气振动的器官。但昆虫的耳朵不同于人或动物的耳朵。据说昆虫会通过鼓膜和听觉毛感觉声音。通过鼓膜感觉声音的昆虫有蝉、蟋蟀、蝗虫等，通过听觉毛感觉声音的昆虫有雄蚊和松毛虫等。

蟋蟀的耳朵长在一对前脚的小腿外侧。至于雄蚊，它的触角上密密麻麻的绒毛就起到了耳朵的作用。不过，据说昆虫不能像人一样听到节奏或者回音。

第64章

苍蝇的幼虫蛆居然可以分泌抗生素？

夏天是苍蝇最欢乐、最疯狂的季节。有食物、垃圾的地方，或者脏脏的厕所等都是苍蝇们的好去处。由于苍蝇特别喜欢脏乱和污染严重的环境，所以会传播病菌或传染病。因此人们十分讨厌肮脏丑恶的苍蝇。

但是在苍蝇幼虫蛆的体内却拥有效果惊人的抗生物质。

在第一次世界大战时，有一名士兵的腹部受了重伤，伤口处有很多蛆虫在蠕动。医生断定他马上就会死去。

但令人惊讶的是，这位士兵的病情逐渐好转并最终痊愈。原来，伤口上的有害细菌全部被蛆虫吃掉了。从这时候起，医生才知道蛆虫可以对伤口起到治疗作用。

蛆虫主要以腐食为食，而且生命力

苍蝇

十分顽强。即使把很多细菌注入体内，它也不会有什么激烈的反应。原因就是它自身能够产生抗生物质来抵抗这些细菌。

微生物学家研究表明，蛆虫可以产生六种抗生物质。如果继续对其加以研究，据说在不久的将来人类可以研制出效果非常优秀的医药品。看起来肮脏无比的蛆虫居然可以产生新型抗生素，真的很神奇吧？

有趣的小知识！

苍蝇是怎样传播病菌的呢？

苍蝇会在脏乱的地方把病菌粘在毛和腿上，如果落在食物或餐具上，就会把病菌传播给我们。苍蝇会传播伤寒、霍乱、痢疾等疾病，而且苍蝇有把带着病菌的食物吐出来的习惯，所以也可能直接传播病菌。

第65章

蜜蜂为什么会把蜂巢盖成正六边形呢？

蜜蜂是有名的建筑大师，它们建造的正六边形蜂巢真可谓建筑领域中的艺术品。

蜜蜂的腹部有成对的蜡质片状物——“蜡板”，蜜蜂会从这里产生蜂蜡，并用嘴咬揉，以建筑蜂巢。

但是蜜蜂为什么偏偏要把蜂巢建成正六边形呢？

从数学的角度上来看，周长一定时，面积最大的是圆形。当许多圆贴在一起的时候，圆和圆之间就会产生缝隙。当然，蜂巢也可以建成正三角形或正四边形。但这样的话会，不仅增加所需的原材料，同时空间相对较小，而且正四边形的结构也不稳定。

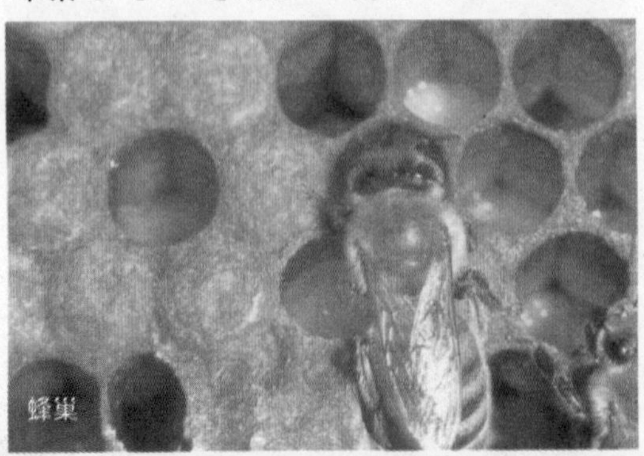
蜂巢

所以蜜蜂就建造了空间大、结构稳定且节省材料的正六边形蜂巢。没有学过数学的它们居然能够建造空间利用率最高的房屋，是不是很奇妙啊？

蜜蜂所建的正六边形蜂巢，巢壁十分薄，不到0.1毫米，但是它坚固得可以储藏超过自身重量30倍以上的蜂蜜。

而且蜂巢会形成9到14度的角度，所以蜂蜜就不会溢出来。据说这些顶尖技术也被应用在喷气式飞机和人造卫星的外壁上。

看来科学家也在向小蜜蜂学习哟。

当发现蜜源的时候蜜蜂会通知伙伴？

当发现蜜源时，蜜蜂就会通过跳舞的方式告诉同伴。如果蜜源在不远处，它们就会跳圆形舞；如果蜜源的距离超过50米，它们便跳八字舞。蜜蜂不仅可以建造帅气的房屋，还能通过舞蹈的方式进行对话，看来它们真的是大自然中的艺术家啊。

第66章

蝴蝶翅膀上为什么会有猫头鹰眼睛呢?

你见过蝴蝶翅膀上长有猫头鹰眼睛吗?

生长在热带地区的这种蝴蝶,因翅膀上长着看似猫头鹰眼的花纹而被命名为“猫头鹰蝶”。

到底为什么蝴蝶的翅膀上会长有猫头鹰眼的花纹呢?

猫头鹰蝶的翅膀上长有猫头鹰眼花纹是为了欺骗捕猎自己的敌人。

这种蝴蝶的身材较大,展开翅膀之后约有15厘米。因此很容易被捕杀它的敌人发现,成为敌人的美餐。

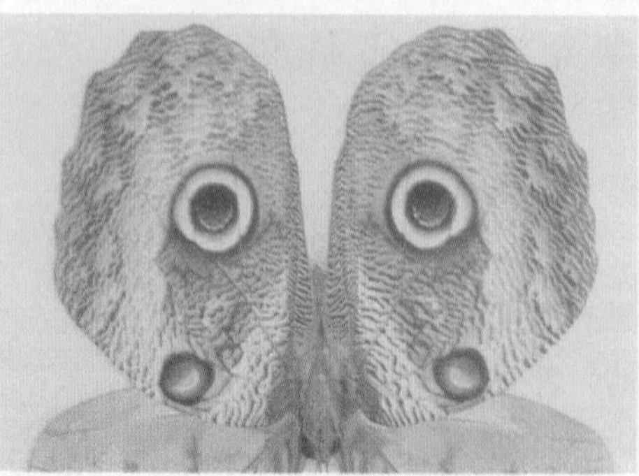

猫头鹰蝶

但是猫头鹰蝶却不会为此而烦恼,因为它翅膀上长着的一对黄色鹰眼可以恐吓附近的掠食者。平时猫头鹰蝶会用前翅遮住长有鹰眼花纹的后翅。可是当有危险来临时，它就会收起前翅，突然展开后翅，这时就会出现一对可怕的猫头鹰眼。

大部分掠食者会被突然出现的猫头鹰眼花纹吓得魂飞魄散。当它们逃走，猫头鹰蝶又可以收起它的后翅，自由飞行了。

把蝴蝶当成食物的鸟类一般都很怕蛇、黄鼠狼、鹰、猫头鹰等。因为这些动物是它们的天敌，所以吃蝴蝶的鸟就很怕猫头鹰蝶翅膀上的猫头鹰眼花纹。

飞蛾的幼虫也会通过一对眼睛的图案来进行伪装。长长的幼虫身上加上一对眼睛看起来很像一条蛇。这和翅膀上长着眼睛、看起来像猫头鹰脸的猫头鹰蝶一样，也能对吓退敌人起到良好效果。

有趣的小知识！

蝴蝶和飞蛾的差异

一方面，蝴蝶的翅膀普遍要比飞蛾的翅膀漂亮许多。另一方面，蝴蝶是在白天活动，当它落在地面上时会把翅膀收拢并竖起来，还有它的触角是棍棒状的。

相比之下，飞蛾主要在晚上活动，落在地面上时翅膀会从背上扁扁地趴下去，而且它的触角呈线状或者鞭状。

第67章

蝉的叫声为什么会如此响亮呢?

“知了——知了——”

每当到了夏天,我们一定都会惊叹于蝉(知了)的叫声之大。而且当它趴在纱窗上时,真的就会有一种整个房间都在震动的感觉。体型娇小的蝉,为什么会发出如此响亮的叫声呢?

原来,在蝉的腹部有一个肌肉发达、呈V字形的特殊发音器。当肌肉收缩时,鼓膜震动发出声音。而且盖板和鼓膜之间是空的,能起到共鸣的作用,所以其鸣声就特别响亮。

那么蝉又为什么会一直叫个不停呢?

蝉为了一个夏天的存活,已经以幼虫的状态在地下生活了好几年。一旦幼虫变成蝉之后,它生命的剩余时间就十分短暂了,因此有人认为蝉是因为太伤心才哭叫的。那么蝉真的是因为生命太短暂而哭的吗？

蝉

那就大错特错了！蝉每天晚上叫个不停是为了寻找异性伙伴。原来它们是为了找到伴侣并繁殖后代才会发出那样的声音。

但是只有雄蝉才会发出声音，当雌蝉听到雄蝉“知了，知了”的叫声时，就会随着声音寻找过来。不过，雌蝉的耳朵并不长在头上，而是长在腹部。

据说蝉的鸣叫还有别的原因。一种说法是蝉为了证明自己的存在，而另一种则是警告其他雄蝉不要侵犯自己的领地。

有趣的小知识！

“哑巴蝉”是什么？

哑巴蝉并不是指蝉的种类。因为雌蝉不会发出叫声，所以我们就把雌蝉统称为“哑巴蝉”。也就是说“哑巴蝉＝雌蝉”。

第68章

雌螳螂为什么会吃掉雄螳螂呢？

雌螳螂十分喜欢打架而且脾气暴躁。它会挥舞着镰刀一样的前腿捕杀一切能触及的昆虫，甚至可以捕杀幼小的蛇或青蛙。

还不止这些呢，残忍的雌螳螂还会把雄螳螂吃掉。

到底为什么雌螳螂要吃掉雄螳螂呢？

雌螳螂吃雄螳螂时，正值雌螳螂的产卵期。如果雄螳螂完成交配之后迅速逃走的话，也许它还可以活命，但只要雄螳螂稍有一丝的停顿，雌螳螂就会扑上去把它抓住并吃掉。雌螳螂吃掉丈夫的主要原因是为了在产卵期间补充足够的营养。

也就是说，为了种群繁殖，妈妈会把爸爸吃掉。这种昆虫是不是很可怕啊？

捕食猎物的螳螂

事实上，螳螂可是一种有利的昆虫。螳螂会到处捕杀昆虫，这可以减少对农作物有害的昆虫数量。在昆虫界，螳螂也许是混蛋，但对于人类来说，我们真的要感谢它的存在。如果没有螳螂，我们会因为大量的害虫而蒙受巨大的农业损失。

还有，螳螂从不胆怯、从不畏惧的精神也非常有名。有一个“螳臂当车”的成语，指的是“螳螂用前腿来阻挡大车”，因此常用它来比喻一个人不自量力，没有分寸。

在成语中都可以一展风采的螳螂，是不是很了不起呀？

有趣的小知识！

螳螂的战斗能力

螳螂镰刀似的前腿上长着密密麻麻的像锯一样的刺。走路时它并不会用到前腿，只在专门捕猎时使用。如果小昆虫被它抓到，是绝对逃不掉的。在它三角形的脑袋上，有吸食猎物用的嘴和锋利的牙齿，还有坚硬的下巴。它会把比自己大出许多的猎物吃到只剩一对翅膀。而且螳螂细细的脖子可以进行 180° 的旋转，这更有利于它搜寻食物。

第69章

蜻蜓真的有3万只眼睛?

到了夏天,天空中就会出现很多蜻蜓。看着蜻蜓飞翔在天空,有时我们也会产生宁静、祥和的感觉。

当孩子们想要抓住落在树枝或草丛中的小蜻蜓,悄悄从背后接近它时,蜻蜓就像在脑后长了眼睛一样呼地飞走了。

包括蜻蜓在内的许多昆虫,眼睛长得与一般动物的眼睛截然不同。昆虫的眼睛一般由一对复眼和三只单眼组成。当然蜻蜓也不例外,拥有又大又圆的一对复眼和头部的三只单眼。

蜻蜓

单眼的主要作用是感觉物体的亮度,复眼则主要用于区别物体的形态和颜色。但蜻蜓的复眼却很奇特,由很多小眼组成,而且数目有1万~3万个。这种眼睛不用说是上下,就连前后的动静也能看得见。

复眼中的小眼面一般呈六角形,并

起着镜片的作用。可以猜想，蜻蜓在看物体时就像是看马赛克图案一样。

当然蜻蜓也是通过这3万只小眼，提前知道了孩子们从背后悄悄接近自己。因为小眼的数目很多，所以在昆虫界中，蜻蜓的视力是最好的。

而且每秒钟能扇动100次的一对翅膀可以使它飞得非常快，1秒钟足以飞出10米。在昆虫界中，可以说蜻蜓的飞行速度也是最快的。

蜻蜓还可以分别扇动4只小翅膀，所以能静止在空中甚至是反转飞行。蜻蜓是不是很厉害啊？

有趣的小知识！

蜻蜓是最厉害的猎手？

蜻蜓的腿上长有小刺，因此可以很轻松地捕猎苍蝇和蚊子等食物。它从不挑食，胃口又好，约30分钟就可以吃下跟自己体重一样的食物。它喜欢吃的食物主要是蚊子和蜉蝣，一天可以吃下150只。蜻蜓主要以害虫为食物，因此过去日本的农民亲切地称它为“田神”。

第70章

蟋蟀真的是一种很懒的昆虫吗？

在很长的一段时间里，人们一直认为蚂蚁是一种非常勤劳的昆虫，而蟋蟀则是整天无所事事的懒蛋。

但实际上并不是这样的。昆虫学家认为蟋蟀一点都不懒惰。蟋蟀唱歌是为了寻找自己的伴侣，只有它认真歌唱才会有伴侣找过来，而只有遇到自己的伴侣才可以产卵繁殖后代。所以说蟋蟀的歌声是为了繁殖后代而歌颂爱情的赞歌。

蟋蟀

蟋蟀也十分热衷于捕食。具有肉食性和夜行性的它主要在晚上捕食小昆虫。不管是在草丛里还是树枝上，蟋蟀都会十分认真地捕猎。

它主要在晚上活动，但并不等于在白天

就会玩耍、闲逛。有很多蟋蟀也在白天进行活动。所以当它们听到我们叫它懒蛋的时候，一定会感到非常失落，可能还会生气地说："切，你们什么都不知道，还叫我懒蛋！"

蟋蟀在敌人面前的自我保护能力也十分出色。当有天敌——鸟飞过来的时候，它们的身体会马上变色，变成与周围环境相似的颜色，以免被发现。

蟋蟀不仅勤劳，还有很多本领，所以我们以后不要再叫它懒蛋了，好吗？

第71章

蜉蝣真的只能活一天吗？

蜉蝣真的只能活一天吗？

事实不是这样。根据观察过蜉蝣的昆虫学家们说，它可以存活2～3天。那为什么人们会认为蜉蝣只能活一天呢？

那是因为蜉蝣为了繁殖后代，在产卵之后一般都会在一天内死去。所以在人们还没有完全了解它之前就一直认为蜉蝣只能活一天了。

蜉蝣的幼虫十分讲卫生，所以它们主要生长在湍急的山谷河流或干净的水域里。蜉蝣经过2年的幼虫期之后变成成虫，但成虫蜉蝣会在勉强生活2～3天之后死去。

蜉蝣

作为参考，有的蜉蝣可以存活3周左右，但是也有一些生命期极短的蜉蝣在生存1个小时之后就会死去。

有趣的小知识！

昆虫的寿命会有多长呢？

蝉要在地下经过7年的幼虫期，而变成成虫之后仅仅能存活2周。但在北美洲有一种“17年蝉”，顾名思义，这种蝉在地下可以生活17年。

还有我们平时常见的苍蝇，它的寿命约有8天。而长相小巧的蚂蚁却可以存活15年以上。

第72章

为什么要把象鼻虫称为"一级裁剪师"呢？

象鼻虫是一种身长只有0.5～1.3厘米的小昆虫，主要分布在韩国、日本、库页岛和西伯利亚等国家和地区。它的最大特点是雌虫会把树叶裁断，卷起之后产卵于其中。如果看到它们卷成的精巧的筒巢，你一定会目瞪口呆。

不同种类的象鼻虫普遍按照如下步骤制作筒巢。

以叶子的中间为中心裁成V字形。

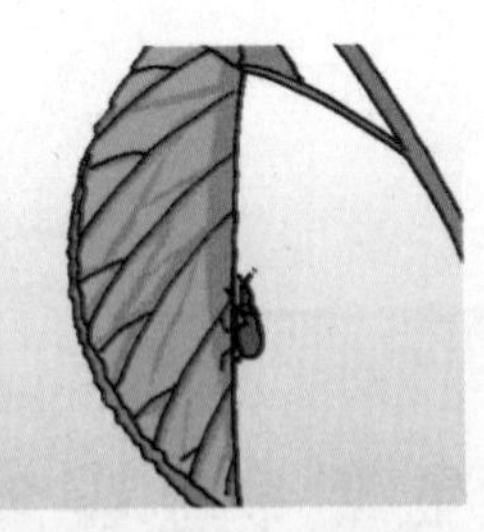

等叶子萎蔫之后两边重叠起来。

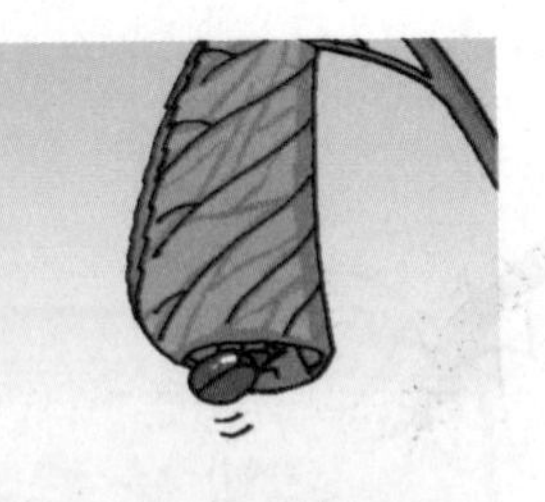

把叶子的底部卷进去并留有一个小洞口。

尾巴进入小洞口并把卵产在里边。

在叶子变硬之前再向里卷一次。

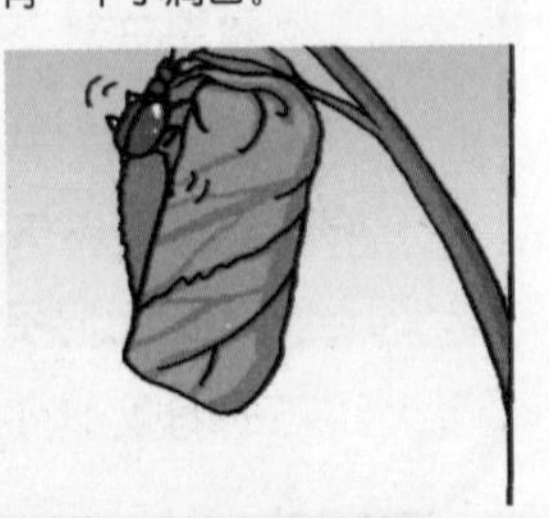

把叶子卷好、整平就可以形成一个圆筒状。

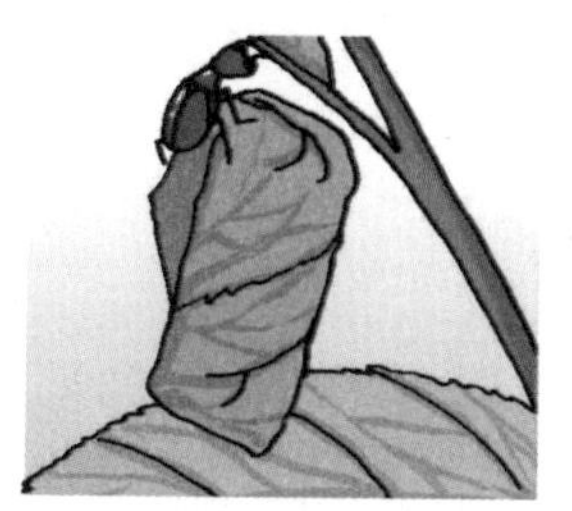

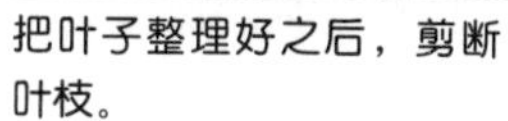
把叶子整理好之后，剪断叶枝。

用其他叶片包起完成的卷筒。

制作完成后经过4～5天，幼虫就会孵化，以筒巢为食并健康地成长。如果巢内太干燥，就会影响幼虫的生长速度。一般在湿度适合的情况下，幼虫经过10～15天就可以变成蛹，再经过4～5天就可以成为成虫了。

因为象鼻虫可以制作出如此精美的筒巢，所以人们把它称做丛林中的“一级裁剪师”。

有趣的小知识!

为什么叫象鼻虫呢?

象鼻虫的“鼻子”和它身体的其他部位相比是非常长的，再加上它的身体又短又粗，外形看起来就跟大象一样，所以人们就给它起了“象鼻虫”这个很独特的名字。

实际上，头部喙状延伸并不是象鼻虫的鼻子，而是用来嚼食食物的口器。

第73章

蟑螂有顽强的生命力?

生命力顽强的蟑螂被称为“活化石”。约在3.5亿年前它就在地球上出现了，并且到目前为止还有4000余种生存在地球上。

到底是什么样的能力可以使蟑螂坚强地生存这么长时间呢?

首先，蟑螂拥有特别突出的繁殖能力。雌蟑螂一次可以产30~40枚卵，之后并不会像其他昆虫那样不再照顾产下的卵，它会把装有卵的卵壳带在尾部，一直到孵化出小蟑螂为止。

其次，蟑螂会一直产卵直到自己死亡。蟑螂死后，位于它尾部的蟑螂卵也可以自行孵化。因为它属于不完全变态昆虫，并不会经过成蛹的过程，所以刚孵化出的小蟑螂在长相上和大蟑螂完全相同。这样的小蟑螂会立刻长为成虫并继续繁殖，所以它们的数量会在瞬间爆发出上百、上千只。

再次，蟑螂原来生活在热带地区，所以很喜欢温暖潮湿的环境。而且可以在体内储藏营养的它们只要有水就能坚持存活一个月的时间，因此它们只需一丁点儿的水和食物就可以在任何地方坚强地生存下去了。

蟑螂的反应速度非常快。它尾部长着的感觉器可以立刻感觉到物体的震动，从而在发生危险的时候飞快地逃跑。据说其反应速度比人快100倍呢。而且即使从很高的地方掉下来，它也不会摔死。拥有学习本领的它们在遇到类似危险时，其应对能力也十分突出。

因此也有人说，即便在原子弹爆炸的地方，蟑螂存活下来的可能性也非常高。

有趣的小知识！

生孩子的蟑螂

有一种被称为“康辛蠊”的蟑螂并不产卵，而是以产幼崽的形式繁殖。它的输卵管类似于地宫，而卵就产在这里。等它们孵化出来后，雌蟑螂像袋鼠一样制作出一个育儿袋把它们装在里面抚养。蟑螂的爱子之情，也很了不起吧？

第74章

瓢虫会帮人类做农活？

从春天一直到秋天，我们经常可以在草丛和农田里见到瓢虫的身影，它和农民们的关系非常密切。

瓢虫，在昆虫学上属于鞘翅目瓢虫科。因为它的形状很像用来盛水的葫芦瓢，所以得名为“瓢虫”。

但是这种昆虫居然可以帮人类做农活！它们是怎么做的呢？

瓢虫

瓢虫主要以蚜虫为食。

蚜虫是一种身长只有2～4毫米的小昆虫，它们成群地生活在嫩草或农作物上，专门以吸食它们的汁液为食，是农民们十分憎恨的害虫。

而瓢虫却可以把蚜虫处理得干干净净。虽然长为成虫的瓢虫也会吃蚜虫，但刚刚孵化出的小瓢虫是专门以蚜虫为食的。一只瓢虫幼虫足可以吃掉4000只蚜虫。

所以瓢虫会把卵产在有很多蚜虫生长的小细枝或叶子背面，当然是为了让新孵化出的瓢虫幼虫有足够的食物。

谢谢！

从前，农民会在田地或菜园周围种上木槿花。因为木槿花上会长有很多蚜虫，而众多的蚜虫会吸引瓢虫聚集到这里。这样，瓢虫不仅会吃掉木槿花上的蚜虫，连农田里的蚜虫也会被一起处理掉了。也就是说，农民把瓢虫当成无公害天然农药来使用。

法国等国家也利用这种方法清除害虫。科学家们利用基因工程让瓢虫进行变异，进而繁殖出了一种不能飞的瓢虫，再把它们替代为农药撒在农作物上。这样刚孵化出的瓢虫就不会离开农田，一直生长在那里清除害虫了。

会帮做农活的瓢虫，真的是值得人类感激的昆虫。

有趣的小知识！

瓢虫的生存秘籍是什么？

当瓢虫的天敌出现时，它们会采取两种方法自救。一种方法是把头和腿缩进身体里装死，这样他们的天敌——鸟就会认为是死昆虫而直接飞走。另一种方法是，它们排放出具有恶臭和酸味的黄色液体，当鸟闻到这种气味时，就会失去胃口而飞向别处了。专家切实调查了一下大雁叼回来的昆虫，发现大约6000只昆虫里只有2只瓢虫。

第75章

蚁狮怎么抓蚂蚁呢？

蚁狮！听起来是不是一个很特别、很可怕的名字啊？

对于蚂蚁来说，蚁狮是最可怕的敌人，被蚁狮抓到的蚂蚁是绝对逃不掉的。

实际上，蚁狮是星蛟蛉的幼虫。星蛟蛉是一种体长约4厘米的蜻蜓，而这种蜻蜓的幼虫就是令蚂蚁闻风丧胆的蚁狮。

那么蚁狮是怎样抓蚂蚁的呢？

蚁狮会在小沙丘、树底或干燥的土堆上挖出一个漏斗形的沙坑，并生活在坑底。这个沙坑叫做“蚂蚁地狱”，蚂蚁地狱对于蚂蚁或小昆虫来说等于是死亡的坟墓。

蚁狮

蚁狮从沙土中间露出强大的大颚，藏在坑底等待蚂蚁的出现。当有蚂蚁出现在沙坑附近时，蚁狮就会不断扬起沙来打它，蚂蚁越是挣扎想逃脱，跌进去的速度越会加快。

当蚂蚁完全陷入蚂蚁地狱时，蚁狮用双颚把它咬住，拉进沙里，再用铁管一样的嘴吸干蚂蚁。

当蚁狮享受完美味后，蚂蚁就只剩下一张空壳了。蚁狮具有清理沙坑的习性，所以剩下的蚂蚁壳就会被它抛出坑外。

有趣的小知识！

蚁狮是怎样制作蚂蚁地狱的呢？

当蚁狮制作蚂蚁地狱时，它的屁股就会像铲子一样在沙坑里打转，然后把背在背上的泥土移到头部，再向后猛扬颈部抛出浮沙。所以它可以把泥土颗粒抛在远处，而较轻的沙子就会落在周围了，这样蚂蚁地狱的周围就会变成非常容易凹陷的形态。当一只蚂蚁或其他小虫想逃跑时，凹陷的沙坑最终会让它们跌入坑底。

第76章

蝗虫群有那么可怕?

蝗虫群带给人们的危害比想象的还要严重很多。1962年，印度为了消灭蝗虫群甚至动用了飞机。在飞机连续喷洒了1周农药之后才艰难地消灭了蝗虫群。

蝗虫

还不止这些。1613年，法国爆发了空前的蝗虫灾害。当时蝗虫铺天盖地，一天之内吃掉了4000只家畜1年的草食。1889年，蝗虫群突袭了尼罗河流域，农作物被啃食一空，就连生存能力超强的老鼠也陷入了被饿死的境地。

在1949年到1963年期间，非洲持续出现蝗虫灾害，每年的损失高达800亿元。1958年，埃塞俄比亚的农作物受灾，蝗虫群足足啃食了100

万人食用的粮食。很恐怖吧？

其实我吃不了多少啦。

嗯嗯！

一只蝗虫的体重不过3克，但是这只有3克重的蝗虫会在瞬间吃下与自己体重相当的食物。所以当有数千万只蝗虫飞过时，受灾的地区就会变成一片废墟。

1784年，非洲爆发了数量超过3亿只的蝗虫灾害，这是存有记录的最大蝗虫群。据说这3亿只蝗虫一天就吃掉了60万吨粮食，当时人们对这凶猛的蝗虫群没有任何办法，只能坐以待毙，等待它们自行消失。

幸运的是，这群蝗虫飞向大海以后被暴风雨吞噬。那些漂到海滩上的尸体多到令人咋舌的地步——蝗虫尸体在海岸线处形成了长80千米、高1.3米的堤坝。

有趣的小知识！

因为蝗虫居然动用雷达？

随着科学的发展，现在我们可以大概预测出蝗虫会在什么时间、什么地点群集出现。但是据说这还需要动用雷达。一旦在雷达上捕捉到蝗虫群，就要出动飞机和它们进行战斗。也就是说，只有3克重的蝗虫要和飞机展开一场空中大战，尽管战斗最后大多都是以飞机的胜利而结束。

第77章

切叶蚁会种田?

每年的3月，在巴西、北美和中美洲地区可以见到一种非常奇怪的蚂蚁群——切叶蚁。这种蚂蚁会把小树叶放在头上，就像头顶着雨伞一样，所以也常被叫做“伞蚁”。

人们认为切叶蚁可能是为了遮阳光而打伞，或者它们以树叶为食。

但是根据昆虫学家的观察结果，这两种想法都是错误的。让人们惊讶的是，切叶蚁居然会把树叶当成霉菌的肥料。

切叶蚁为了种植食用霉菌，首先会勤劳地收集树叶。数千只切叶蚁排着队，到距离巢穴100米远的地方采集树叶。每只切叶蚁都会用嘴咬着一片树叶，把它背在后背上运回蚁巢。

切叶蚁回到蚁巢后，把带回来的树叶咀嚼成糊状，并吐出储藏在肚子里的液体使它们变得湿润，再堆到之前准备的糊状树叶上。不久，这里就会长出霉菌了。

其他切叶蚁也会参与到这个过程中。它们在树叶堆上来回爬动，分泌出液体使其保持湿润的状态。而且为了霉菌可以良好地生长，它们会不停地用触角检查霉菌的生长情况。

那么切叶蚁为什么要培养霉菌呢？

原来，霉菌是切叶蚁的粮食。据说切叶蚁只吃自己培养的霉菌，所以对切叶蚁来说，种植霉菌就是非常重要的农活了。

有趣的小知识！

为什么切叶蚁要亲自种植霉菌呢？

作为切叶蚁食物的霉菌在自然条件下是很难生长的。这种霉菌很容易受到细菌的感染，而且对其他霉菌的抵抗能力也比较差，所以切叶蚁就需要亲自种植它们的粮食了。

切叶蚁在咀嚼树叶时产生的液体里含有肥料成分和营养成分，因此这种霉菌不会轻易死亡，并最终成为切叶蚁的粮食。

第78章

据说萃萃蝇会吸血，真的吗？

在非洲生长着一种非常可怕的吸血苍蝇——专门吸食人和动物的血，它就是可恶的“萃萃蝇”。“萃萃”用博茨瓦纳（非洲南部的国家）土著人的话意为“会杀死牛”。由此看来，它是一种非常可怕的苍蝇。

我们知道只有产卵时的雌蚊子才会吸血。可不管是雌萃萃蝇还是雄萃萃蝇，它们都会吸血，而且雄蝇会吸食体型比较大的动物的血，雌蝇则会吸食人或者体型比较小的动物的血。

据说被萃萃蝇吸到血，会患上一种可怕的“昏睡病”。患上昏睡病之后，身体就会像火球一样发烫，同时伴随着剧烈的头痛，并且会立即进入昏迷状态，直到死去。

但神奇的是，野生动物是完全不会患上昏睡病的。只有人和家畜才会感染这种病。

萃萃蝇和其他苍蝇不同，对它们喷洒杀虫剂也毫无用处。如果想消灭萃萃蝇，只有在它们的住处放火，完全烧死它们才可以。真是非常可怕的苍蝇！

与众不同的是，萃萃蝇不会产很多卵。雌蝇只产一枚卵带在怀里，等卵变成幼虫之后便让它离开自己独立生活。

刚离开妈妈的幼虫会马上钻到地里变成蛹，经过 3 ~ 10 周的成长变成成虫，之后就会开始吸食人和动物的血了。

吸了很多血的雌蝇产的小萃萃蝇会健康地成长，而吸血较少的雌蝇产的萃萃蝇就不能好好生长，最终会病怏怏地死去。

有趣的小知识！

萃萃蝇阻止了欧洲侵略者？

18 ~ 19 世纪，许多欧洲强国都想去非洲，企图把那里的国家变成自己的殖民地。但是他们遇到了十分伤脑筋的事情，那就是疟疾和黄热病等在热带传播的疾病。其中最让他们害怕的就是萃萃蝇传播的昏睡病。疾病的困扰最终导致欧洲人放弃了在非洲建立殖民地的想法，而萃萃蝇传播的昏睡病则起到了非常大的影响。

第79章

投弹步行甲虫会投气体炮弹？

身长只有 1.1~1.8 厘米的投弹手甲虫也叫“放屁虫”。这种昆虫主要生活在中国、日本、韩国等地，它可以投出令人心惊胆寒的气体炮弹吓退敌人。

这种昆虫喜欢阴凉潮湿的环境，所以它们经常生活在草丛茂密的地方。白天的时候，投弹步行甲虫会躲在落叶堆或石头底下，等到太阳下山之后再跑出来猎食小昆虫。

投弹步行甲虫

投弹步行甲虫的个体虽小，可它们从来不惧怕任何敌人。因为当天敌出现的时候，它们会用秘密武器来对付那些敌人。这秘密武器就是它们体内产生的强力气体炮弹。

投弹步行甲虫的体内长有独特的可以分泌化学物质的分泌腺。这种化学物质具有非常强的毒性，一碰到皮肤，就可以引发炎症，而且进入眼睛里还可能导致失明。

在敌人侵犯的时候，投弹手甲虫会在这种化学物质上混合过氧化氢和酶，并通过肛门发射出去。因为那个样子很像是在发射炮弹，所以它们也因此得名“投弹步行甲虫”。

投弹步行甲虫可以连续发射二十枚这种强有力的炮弹，因此它不会惧怕身材比自己大几百倍的青蛙。遇到这种投弹步行甲虫，大青蛙也会立刻被击倒。

投弹步行甲虫的食物是多种害虫，所以对人类来说，它算是一种益虫。

有趣的小知识！

投弹步行甲虫的气体真的很热吗？

据说投弹步行甲虫发射的气体炮弹非常热，会放出火一样的热量和剧烈的声响。实际上在它投放气体炮弹时会释放出接近 100℃ 的热量，所以投完炮弹之后的投弹步行甲虫在尾部会留下看似烧伤的印记。

第80章

有益的昆虫，有害的昆虫？

在很久很久以前，人们曾把昆虫作为重要的粮食。因为昆虫四处可见，而且也非常容易捕获，所以现在有些农村还留有抓食蚂蚱等昆虫的习惯。蚂蚱和蚕蛹曾经是非常重要的蛋白质来源。

美洲的印第安人曾经吃过蚂蚱和生活在水上的一些昆虫，澳大利亚等热带地区的土著人也曾以蚂蚁为食。

蜂蜜是很好的食品。埃及和中国在很久以前就开始养殖蜜蜂来采蜜，甚至把蜂蜜当成药品治疗疾病。人们也曾把一些昆虫作为药材而广泛使用。

在很久以前，中国就开始通过养蚕来生产丝绸了。这不仅给衣料的发展带来了革命性的变化，也给人们的生活带来了巨大的便利。

丝绸的原料——蚕茧

但是还有些昆虫也经常给我们带来灾难。首先最让人们头疼的就是破坏农作物的昆虫。像蝗虫群，它们会把飞过的地方的植被破坏得寸草不留。

不仅是这些，蚊子、苍蝇、跳蚤等害虫还会给人类带来传染病等。在热带地区依然存在因蚊子传染疟疾而死亡的情况。

在中世纪的欧洲，由寄生在老鼠身上的跳蚤引发的黑死病，使2500多万人失去了宝贵的生命。

现在人们研制出了多种多样的杀虫剂，昆虫带来的灾害也越来越少。但频繁使用杀虫剂会造成环境污染，打破自然界的生态平衡。

昆虫共有多少种类？

昆虫在3.5亿年前就已经生活在地球上了，而且种类也多得很呢。今天我们知道的昆虫约有300万种，而把形态相似的昆虫归为同一种类后的统计也有80万种。整体来说，地球上生活着的动物中约有3/4都是昆虫。一般来说，昆虫有头、胸、腹三个部分和3双（6个）足。因此人们没有把长有8条腿的蜘蛛列为昆虫类，而是将其另行分为节肢动物中的蜘蛛类。

生态环境

第81章

食物链是什么？

食物链，即系统地表达地球上所有生物之间吃与被吃的关系。

地球上有很多生物，首先是覆盖整个地球的植被。植物利用阳光、水和空气进行光合作用，持续生长，成为动物们的食物。我们把这种为其他生物提供物质和能量的植物称为“生产者”。

⬆生产者

⬆一级消费者

⬆二级消费者

⬆三级消费者

拿海洋生物举例来说，浮游植物就是生产者，浮游动物是一级消费者，以浮游动物为食的小鱼是二级消费者，大鱼就是三级消费者。不管是昆虫的世界还是鸟类的世界，只要有生物的地方就一定存在食物链。

生物死后，分解它们尸体的细菌和真菌等原生生物，我们称之为“分解者”。

整个生态界就像链条一样形成吃与被吃的关系，但它并不是单一的长链，而是形成错综复杂的网状，所以也经常使用比食物链更具广泛意义的“食物网”这个词来形容。

食物链对生物体的生存是非常重要的。如果因为环境污染加重而导致食物链断裂的话，会给整个生物界带来很大的影响。当然人类也可能成为受害的对象。

有趣的小知识!

爱尔顿金字塔

如果把食物链画成图就会形成“金字塔”的模样。最下面的是作为生产者的植物，而且它的数量也是最多的。接下来是一级消费者——食草动物，二级消费者——食肉动物，最顶端的三级消费者的数量是最少的。

三级
二级
一级
生产者

这个金字塔结构是由英国动物生态学家爱尔顿提出的，所以叫做“爱尔顿金字塔”。不过有人也把它称为“个体数金字塔”。

第82章

处理动物尸体的地球清洁工？

食草动物以草为食，食肉动物又以食草动物为食。而更强悍的食肉动物又会吃掉弱小的食肉动物。

但是它们死后的尸体是由谁来处理的呢？它们的排泄物又由谁来处理呢？

如果不对动物的排泄物和尸体进行处理的话，现在的地球可能已经变成垃圾的世界了。想想都觉得可怕。

但是我们不用担心。因为地球拥有可以处理这些废物的特级清洁工，那就是细菌和真菌。

没有什么是细菌和真菌不能吃的。它们不仅吃动物的尸和排泄物，也吃植物，甚至连钢铁和塑料也不放过。像细菌和真菌这样以动植物的尸体和排泄物为食的生物叫做“分解者”。

分解者可以分解任何东西，最后把它们分解成可以回到水、空气、泥土的自然物质。

像细菌和真菌这样的分解者，其数量多得十分惊人。当然，其中我们肉眼看不见的也有很多。不管怎么说，它们的数量比整个地球生物的总和还要多亿万倍。正因为存在着这么多的“清洁工”，我们的地球才没有变成垃圾星球，而且还维持着干净的环境。

有趣的小知识！

昆虫也可以帮助分解？

蚂蚁、蟋蟀、埋葬虫、蟑螂、蛀虫、屎壳郎等也可以分解动植物的尸体或排泄物。它们细细地分解尸体或排泄物之后，慢慢啃食。蚯蚓和蜗牛可以分解树叶等，但是它们没有完全分解掉的部分就要靠细菌和真菌来处理了。

第83章

植物的敌人还是植物？

固定在一处生长的植物，表面上看起来它们都相处得很融洽。但是事实上，植物界也存在着激烈的竞争。

对植物来说，最重要的就是阳光。虽然水和空气也很重要，阳光却是重中之重。所以植物们为了得到更多的阳光，枝叶会尽量伸向高处。因为只有比旁边的树更高才能得到更多的阳光。

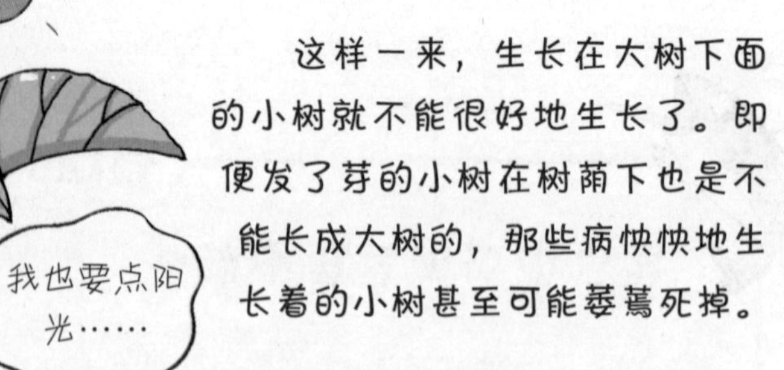

这样一来，生长在大树下面的小树就不能很好地生长了。即便发了芽的小树在树荫下也是不能长成大树的，那些病快快地生长着的小树甚至可能萎蔫死掉。

大树则会更加残忍地折磨生长中的小树或新发芽的树。例如松树的树根会产生毒性很强的化学物质，目的是为了抑制自己周围的

其他植物生长。所以当砍断一棵松树的时候，它的周围就会有很多植物发芽。

朱木和银杏树也能够在自己周边释放化学物质，从而抑制其他植物生长。只有这样，它们才能拥有宽敞的空间独自生长。

虽然大部分树木都独自生长，但也有一些不是这样的。它们需要其他植物的帮助才能伸展自己的枝叶。我们把这样的植物称为“藤类植物”。例如，地锦、葡萄树、南瓜、豌豆、黄瓜等都属于藤类植物。它们会借助其他植物向上伸展自己的枝叶。

还有一些藤类植物居然会杀死帮助过自己的树木，那就是寄生无花果树。为了获得更多阳光的滋润，它会把帮助自己的树木团团围住，而且把树根深深地插入地底使其不能得到充足的营养，被寄生无花果树围住的树最终就会死去。

有趣的小知识！

植物的叶子为什么会交叉生长呢？

虽然植物之间存在激烈的竞争，但树叶之间的关系是非常和睦的。枝上新长出的叶子会非常聪明地分享空间，交叉着生长。这样交叉生长就不会遮挡彼此的阳光，从而健康生长。虽然是不会移动的植物，但现在看来，它们的智慧也不简单哟。

第84章

欺骗敌人才能生存？

身强体壮的动物基本不会受到生存方面的威胁，但是弱小的动物在生存上会面临很多危险，一不小心就被天敌吃掉。

所以它们常常通过变化自己的身体来欺骗敌人。也就是说，它们为了不成为敌人的猎物而进行伪装。

具有代表性的例子就是大黄蜂蛾。因为大黄蜂蛾长得很像黄蜂，所以青蛙或小鸟遇到大黄蜂蛾的时候会尽量躲避。还有猫头鹰蝶的翅膀上长着很大的猫头鹰眼花纹，小鸟是非常怕猫头鹰的，这可以帮助猫头鹰蝶避免受到小鸟的攻击。

癞蛤蟆在遇到天敌时会把身体鼓起来；狸猫会装死；端红蝶的

用保护色进行伪装的变色龙

幼虫会伪装成蛇的样子；而尺蠖会把自己伪装成一段树枝；角蛙会从眼睛里喷出红色的血吓退对方；伞蜥遇到外敌时会瞬间张开独特的颈伞，并张大嘴巴，威慑力十足。人们把动物这种通过变化自己的身体来欺骗敌人的行为叫做“拟态”。

还不止这些，有些动物甚至可以改变身体的颜色。比如变色龙和比目鱼，它们会随着周围颜色的变化随意而改变体色。

尤其是变色龙，绝对称得上是这方面的专家。在绿叶上时，它的身体会变成绿色；在沙子上时，它会变成和沙子一模一样的颜色；而到岩石上，它又变成灰色，甚至有的时候会变成不同颜色的条纹。我们把这样变化的颜色称为“保护色”。

有趣的小知识！

鸻鸟的爱子之情

据说鸻鸟的爱子之情是非常了不起的。鸻鸟把窝建在地面上，当有天敌接近的时候，鸻鸟就会拖着一只翅膀在地面上艰难地爬行，使自己看起来像受了伤一样，这样敌人就会一直跟着自己。但是逃到一定距离之后，它就会噗的一声飞起来。这就是为了保护幼鸟而引诱天敌离开鸟窝所实施的“调虎离山”之计。

第85章

生物进化和灭种的原因是什么呢？

进化是指某种生物经过漫长的演变而变成比以前更优秀的物种的过程。相反，灭种指的就是某种生物在地球上彻底消失。

那么进化和灭种产生的原因是什么呢？

进化和灭种都是因为环境的变化而引起的。最先把这个理论整理出来的是英国的生物学家查尔斯·罗伯特·达尔文。他周游南美洲各地，并收集、研究了很多动物、植物、化石等。之后，他到达了太平洋的加拉帕戈斯群岛。

达尔文

达尔文发现这个群岛上生长的动植物和他在南美洲见到的动植物很相像。后来他还发现，这里的动植物为了适应环境而慢慢改变。

对！为了能够生存更长时间，生物在逐渐适应环境而慢慢改变！

达尔文以自己见到的生物变化作为基础撰写了《物种起源》一书，并使全世界为之震惊。当时在西方，人们认为所有的生物都是由神创造的，但是达尔文却主张所有的生物是随着环境而逐渐变化产生的。更重要的是，进化论为以后理解生物的变化提供了理论依据。

生物的灭种又是怎么回事呢？

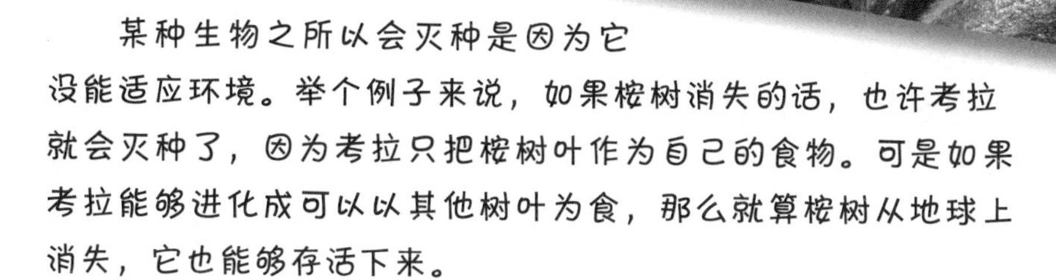

以桉树叶为食的考拉

某种生物之所以会灭种是因为它没能适应环境。举个例子来说，如果桉树消失的话，也许考拉就会灭种了，因为考拉只把桉树叶作为自己的食物。可是如果考拉能够进化成可以以其他树叶为食，那么就算桉树从地球上消失，它也能够存活下来。

有趣的小知识！

处于灭种边缘的动物们

恐龙和长毛象已经完全灭种，在地球上再也看不到它们了。此外，还有许多动物已经灭种。目前，濒临灭绝的动物也有很多，狼、海狮、黑熊、虎、狐狸、金雕、老鹰、鹤、棕黑锦蛇、狭口蛙等动物都处于灭种的边缘。在鱼类中，濒临灭绝的有鲇鱼、朝鲜鲮、扁吻鱼等。昆虫类中，处在灭种边缘的最具代表性的是天牛。

第86章

海滩可以拯救生态系统？

海水的涨潮与退潮都会冲击海滩，所以海滩中会生长很多浮游生物和水生生物。而这里也是鸟类和鱼类们孕育生命的宝地。但是很多地产开发商所进行的圈地工程却把一些海滩围成了陆地，目的是在那里建造住宅，以缓解人口和住房的压力。

可是人们这样做实在是得不偿失，因为海滩比一般的陆地拥有更重要的价值。我们可以在海滩上找到很多水产品。只要那里没有被污染，在几乎不用照看的情况下，经过一段时间就可以得到水产品了。

而且在状态良好的海滩上，还会有很多的鱼。海滩里有很多浮游生物、藻类、鱼等等，世界上主要的渔场都靠近海滩。因此，如果海滩不见了，许多大型渔场也会消失。

从陆地流向大海的许多污染物也能被海滩分解。海水频繁的进出可以让这些污染物随着太阳、水和适当温度的影响而非常高效地被分解。也就是说，海滩可以拯救被污染的生态系统。一旦把海滩围成陆地，就需要花更多的钱建立新的污水处理站了。

在大浪侵袭或暴风雨来临的时候，海滩还可以像海绵一样起到缓冲作用。

据说，有的国家现在几乎不再进行围海造陆了。日本侧重于对陆地上的湖水进行开发，而且围海造陆的区域主要在鱼儿不产卵的水域和不能储水的地方，也就是开发没有起到海滩作用的地区。

我们在围海造陆之前，不仅要对许多环境进行评估，还要仔细考虑一下不远的将来。

有趣的小知识！

荷兰把开发地重新变成海滩？

荷兰国土有许多低于海平面的地区，而且人们开发了广阔的海滩作为耕地。据统计，荷兰将原来国家面积 1/3 的海滩扩建为陆地。但是现在人们不得不把全部扩建地的 15% 还原为海滩，因为他们现在才明白海滩对环境的重要性。

第87章

要互相帮忙才能生存？

生物依据食物链维持着吃与被吃的关系。但是也有互相帮助的生物，人们把生物中生活在一起并互相帮助的行为叫做“共生”。

共生分为两种：共生的生物体成员彼此都得到好处的称为“互利共生”；只对一方有利，对另一方没有影响的则称为“片利共生”。

在互利共生里，具有代表性的生物是蚂蚁和蚜虫。蚂蚁吃蚜虫尾部分泌的甘露，而当有甲壳虫想猎食蚜虫时，蚂蚁就会冲上去把它们赶走。也就是说，蚂蚁依靠蚜虫得到食物，而蚜虫依靠蚂蚁的帮助保住性命。

海葵和寄生蟹也是互利共生的关系。不能移动的海葵会黏附在寄生蟹贝壳上扩大活动空间，寄生蟹却可以通过海葵进行伪装，也可以通过海葵分泌的一种有毒物质抵御敌人的攻击。

海葵和双带小丑鱼会很友好地生活下去。对海葵而言，

双带小丑鱼和海葵

双带小丑鱼色彩艳丽，它的自由进出可以吸引其他鱼类靠近，为海葵带来丰盛的食物；同时，双带小丑鱼还能清理海葵身上的脏物。而小丑鱼可利用海葵的触手丛安心地筑巢、产卵，免受其他大鱼的攻击。

鳄鱼和鳄鱼鸟也会在生活上互相帮助。鳄鱼鸟会吃鳄鱼嘴里的碎肉等腐烂物，鳄鱼则可以借此清理口腔；对鳄鱼鸟来说，它不仅有直接的食物来源，还可以借助鳄鱼免遭敌人的捕获。

再举例来谈谈片利共生。比如说海参和珍珠鱼。珍珠鱼寄生在海参的体内，其目的就是为了能够找到一个安全的藏身之地。可是对海参来说，它从珍珠鱼身上得不到任何的利益。

此外，还有黏附在鲸鱼皮肤上的藤壶、寄生在蛤蜊里的寄居蟹等都是片利共生关系的典型实例。

有趣的小知识！

植物也会共生？

共生的关系不只是发生在动物身上，有些植物也会进行共生，具有代表性的是豆科植物和根瘤菌。豆科植物的根上生长的根瘤，是土壤中的根瘤菌侵入豆科植物根部繁殖产生的。它们互相帮助，共同生存。豆科植物会给根瘤菌提供生长所需的养分，而根瘤菌会提供豆科植物所需的有机化合物。

第88章

野鹿生活的公园还需要狼吗？

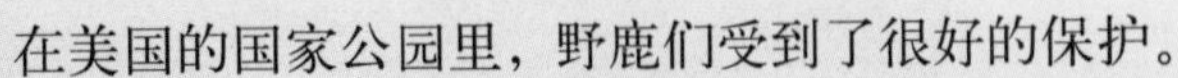

为了野鹿的安全，公园里的管理者开始对狼进行扫荡了。

可是没过多久……

野鹿的天敌消失以后。

野鹿的数量急剧上升。

没有食物可吃的野鹿们开始吃树根,

完全打破了公园的生态平衡。

这是发生在美国亚利桑那州国家公园的真实事情。

对生态系统产生严重影响的是狼,还是我们人类呢?

有趣的小知识!

吃与被吃的秘密

整个生态系统中,每种生物都扮演着一个角色。动物和植物都在吃与被吃的关系中维持着生态系统的平衡。还有细菌(菌类)可以吃掉腐烂的动物或植物,也给生态系统带来了很大的帮助。所以一切生物都是非常重要的,这个世界上没有坏的生物,它们都是健康生态系统中必不可少的一员。

生态系统可以维持健康的最大秘诀就是,保持本来的吃与被吃的正常秩序。

第89章

太阳是生态系统的根源?

“呼，热死了。可恶的阳光！”在炎热的夏天，你也一定发过这样的牢骚吧?

但是我们可不能讨厌太阳。对地球来说，太阳的存在非常重要。如果没有太阳，地球上的一切都将不复存在。

我们所有的食物都是太阳为我们准备的。知道这是什么意思吗?

请你仔细想一想，植物通过太阳的能量制造养分，也就是进行光合作用。而植物会成为食草动物的食物，食草动物又会成为食肉动物的食物。

我们人类也是以植物和动物为食的，这就可以理解为我们吃的食物最终都是源于太阳散发的能量。

所以说，自地球形成数亿年来，万物都是由太阳抚养着的。植物啊、动物啊，还有细菌，都是在吃着太阳为它们准备的“饭菜”。

没有太阳，地球的生态系统就不会存在。由于太阳的功劳才会有大自然，才有生物和生命的存在。就是说，地球生态系统的根源是远在他方、时刻不停地散发着能量的太阳。

那么太阳到底拥有多少能量呢？

据说太阳是带着可以使用100亿年的能量诞生的。现在的太阳约50亿岁了，所以在未来的50亿年它还会继续为地球上的生物提供可口的“饭菜”。太阳确实值得我们感谢啊！

有趣的小知识！

太阳能是人类的未来

科学家们认为太阳能可以保证人类的未来世界。虽然现在可以利用石油和煤炭能源，但几十年后石油或煤炭就会枯竭，人们将处在能源匮乏的状态中。这时太阳就会向人类伸出援助之手了。到那时会有太阳能住房、太阳能汽车、太阳能发电厂等，说不定所有的能量都可以从太阳那里得到。

不管怎么说，太阳的存在是人类最大的幸福。

第90章

地球是活着的生命体？

英国科学家詹姆斯·洛夫洛克主张“地球是活着的生命体”，也叫“盖亚理论”。而盖亚则是在古希腊神话故事里出现的大地之神。

换句话说，盖亚是包括地球本身的土地、大海、大气层等和生长在地球上的所有生物在内的巨大实体，也就是说，地球是由生物和环境组成的巨大生命体。

他又特别主张，“地球是拥有自我调节能力的超级有机体”。换句话是说，地球拥有自我调节的能力，当地球的某个地方发生环境污染的时候，它能够自身调节。

听起来很奇怪，但这是事实。比如一座大山发生了火灾，想象一下整座大山都是一片漆黑，大火过后的大山一定是死一样的沉寂。但几十年之后它又可以重新复活过来，花草树木会重新发芽，鸟儿和动物们也会回到原来的家园里。

被破坏的生态系统拥有这样的自我调节能力，是动物、植太疼了！

物、菌类、空气、水、泥土等齐心协力合作的结果。为了可以健康地生活下去，地球进行着不懈的努力——积极地治疗着自己的伤口。

所以不管地球遭到多大的破坏，随着时间的流逝，它都可以恢复到原来的面貌。由此看来，地球真不愧为伟大的生命体！

有趣的小知识！

没有必要保护环境？

詹姆斯·洛夫洛克曾经说过：“地球自身拥有调节能力，所以我们不保护环境也不会产生太大的问题。”这话听起来会让环境学家们非常生气，可奇怪的是，他们竟然接受了这个观点。

他们原来以为，“地球是有生命的”这个理论会让人们更加热爱我们的地球。可是不管怎样，我们一定要继续保护地球环境，对吗？

第91章

死亡之岛自己复活了？

从天空望见的喀拉喀托岛

这是1883年发生在印度尼西亚喀拉喀托岛的事情。虽然这是一座没有人居住的无人岛，但这里有茂密的森林和各种各样的动物。所有的树木、花、草、昆虫、蛇、鸟、熊、老鼠、蝙蝠、猴子等都在这里平静地生活着。

但是在8月的某一天，火山突然喷发，其剧烈程度在澳大利亚都可以听见爆炸声。

这次火山爆发使喀拉喀托岛2/3的土地消失，持续几个月流淌着滚烫的熔岩，火山灰也笼罩着整个天空。没过多久，生活在岛上的所有生物都死了，真的变成了寸草不生的“死亡之岛”。科学家们坚信在这座岛上不会再出现任何的生物。

但是1年之后，科学家们在这座岛上惊奇地发现了蜘蛛，他们万万没有想到死亡之岛还会有生命体的存在。

而3年之后，这里又长出了青绿的植物新芽——在海边，长出了苔藓和蕨菜；在岛屿中间，长出了草、椰子和甘蔗等植物。

经过15年的时间，这里终于形成了草丛，接着又有了蚂蚁、蝎子、蟋蟀和甲虫等昆虫，而且蝴蝶、知了、蜜蜂也来到了这里。

就这样，在火山爆发后的40年，喀拉喀托岛完全恢复了之前健康的生态环境。

世界上最大的火山爆发!

据说喀拉喀托岛的这次火山爆发是历史上规模最大的。岛屿是由3座火山构成的，而在这次的火山爆发中有2座完全消失。火山爆发引起的海啸高达15米，此外还伴随着强烈的地震，致使附近约36000人丧生。而且超过30千米的火山灰使世界各地几个月内的晚霞出现了异常现象，数年时间里全世界的气温骤然下降。

第92章

还有依靠生态系统发展的国家？

地球上有一个国家通过保护美丽的自然吸引游客，而且旅游业带来的收入占到整个国家的60%，它就是位于中美洲南部的哥斯达黎加。

哥斯达黎加是一个拥有380万人口的小国，在西班牙语当中，哥斯达黎加有“富庶的海岸”之意。

1950～1960年，哥斯达黎加因为大量荒废的草原使环境持续恶化。政府大力提倡畜牧业的发展，导致过度的砍伐树木，使整个国家的森林覆盖率由原来的72%降到26%。

哥斯达黎加政府这才意识到他们的生态系统遭到了严重的破坏，并开始积极恢复失去的绿地。他们在1969年制定了《森林法》，1970年建立了国立公园，从此开始正式参与保护大自然的活动。之后，哥斯达黎加把整个国土面积的1/3指定为国立公园，并进行严格的管理。

现在，哥斯达黎加吸引着全世界的游客，并赚取了大量的外汇。如果你想到哥斯达黎加观光旅游，还得提前预约呢。并且规定，每次只能允许一部分人进入森林参观，这也是为了防止对那里的环境造成污染。

公园的林荫道上只围着栅栏，并没有铺设水泥路面，这样大地就可以进行自由呼吸。管理人员还在建筑物的窗户上画小鸟的图案，使小鸟可以看见窗户而不会撞到。哥斯达黎加就这样为保护生态灌注着全身心的精力。

他们对海岸线的生态系统也实施全面的保护。每当到了海龟产卵的季节，游客是根本不能靠近海边的。只有工作人员才有权力收集海龟蛋。不过等小海龟安全地孵化出来以后，工作人员还得把它们放回大海。

哥斯达黎加如此彻底地保护生态系统，使这个国家变得越来越富裕。

拯救生态系统等于拯救经济

哥斯达黎加的邻国——尼加拉瓜决定通过开发森林来振兴国家经济，而哥斯达黎加却坚决拒绝无限制的森林开发政策，极力对生态系统进行保护。结果，尼加拉瓜每天都有 200 多名国民因为生计问题逃到国外，而哥斯达黎加的每个家庭至少都会有一个人从事有关旅游的行业，生活上衣食无忧。哥斯达黎加的一个村庄常年供电不足，村民开始对一项建设大坝的意见进行投票。出人意料的是，居然有 97% 的村民对这个建议表示反对。他们认为我们可以节省用电，但是不要建设破坏生态环境的大坝。哥斯达黎加的人们首先想到的是保护自然，真的很了不起吧？

哥斯达黎加是世界动植物的王国

哥斯达黎加的国土面积不足世界面积的 0.03%，但是全世界 5% 的动植物却生活在这个小国家里。哥斯达黎加单位面积动植物的种类是最多的，真可谓是生态系统中的宝库啊！斯皮尔伯格的“侏罗纪公园”就是以哥斯达黎加美丽的自然风景为外景拍摄的。现在你可以想象到哥斯达黎加的美丽了吧？

第93章

人类不是地球的主人！

人们一直认为人类是地球的主人。因为人类拥有比其他生物更为高级的大脑，能够持续发展和创造新的文明，所以才会理所当然地认为自己才是地球的主人。

但现在很多人都不这么认为了。与其说人类是地球的主人，不如说人类是地球的破坏者。有些学者甚至还发表过“地球的肿瘤细胞就是我们人类”的言论。

与人类不同，其他生物并不破坏环境，它们只是做着自己该做的事情。这些生物按照吃与被吃的关系（食物链）繁衍生息，顺从自然规律。它们非但没有破坏环境，而且正在积极拯救全球的生态系统。

我们人类要向这些拯救生态系统的生物学习，因为人类并不是地球的主人，我们只不过是整个大自然中的一个组成部分而已。

同时，我们也要知道，再不起眼的生物，它的存在也是非常珍贵的。如果动植物消失，人类的生命也将受到威胁。当所有的动植物一起维持健康的生态系统时，我们人类的生存环境才会变得安全、和谐。

地球不仅仅是我们人类的栖息地，也是栖息在这个生命体上的所有生物的家园。如果所有生物都消失了，人类也不可能继续生存下去。只有它们健康地活着，才会有我们人类的发展。

一定要记住！地球是一切生物的家园，人类绝对不是地球的主人，所有的生命体与我们人类共同生活在一片蓝天下！

图书在版编目（CIP）数据

小天才的科学世界．动物·植物·昆虫·生态系统/（韩）紫云英著；千太阳译．—北京：北京理工大学出版社，2011.2
ISBN 978-7-5640-4144-1

Ⅰ．①小…　Ⅱ．①紫…②千…　Ⅲ．①科学知识－少年读物②动物－少年读物③植物－少年读物④生态系－少年读物　Ⅳ．①Z228.1

中国版本图书馆CIP数据核字（2010）第263794号

北京市版权局著作权合同登记号　图字：01－2010－7701号

出版发行／北京理工大学出版社
社　　址／北京市海淀区中关村南大街5号
邮　　编／100081
电　　话／（010）68914775（总编室）　68944990（批销中心）
　　　　　68911084（读者服务部）
网　　址／http://www.bitpress.com.cn
经　　销／全国各地新华书店
印　　刷／山东人民印刷厂莱芜厂
开　　本／787毫米×1092毫米　1/16
印　　张／13.25
字　　数／189千字
版　　次／2011年2月第1版　2011年2月第1次印刷　　责任校对／王　丹
定　　价／34.80元　　责任印制／母长新

图书出现印装质量问题，本社负责调换